A TRAIN to THE STARS

航向星海的列車

羽尚愛 著

將此書贈與所有喜愛旅行之人。

——布蘭亞

【目次】

序章

早晨，一個漫長休眠的結束，電流會溫順地在身體內流淌，散亂的訊號會在腦中舞蹈，最終交織成雙眼所見的影像。我能透過它看見宇宙的樣貌，每一次都不盡相同，每一次都能使我知道，自己仍然在這宇宙的某個地方旅行。

我緩慢地呼出一口氣，察覺到諾夫曼先生已經將茶水泡好放在一旁，深藍色的液體在杯中透著微光。通常這個時間他會在樓下悠閒地翻閱雜誌，用手觸摸那些刻在金屬頁面上，由程式代碼組成的文字。半瞇著眼，遐想在遠方發生的事。

我與他也不算特別熟識，真要說，就只是在酒館喝了兩杯小酒、互相說起往事的那種關係。對他來說我只是一個旅人，而他只是一個居住在巨大金屬森林中的獵人。

「早安，諾夫曼先生。」

我在他一旁的椅子上坐下，與他一同看向窗外正飄落的星塵。那些是宇宙裡隕石經過漫長的時間，相互撞擊消磨所剩下的塵埃。它們會成為星球上植物的養分，或是逐漸聚集成為下一個星球的雛形。

「你確定要在這麼糟糕的天氣中離開嗎？」他低沉的話語透過電磁波傳達到我的腦中，一邊又用力地眨了眨眼，我猜他是想調整瞳孔的焦聚，好讓他可以看得更遠，但似乎並不怎麼有用。諾夫曼雖然看起來約莫五十多歲，但我很難用一個人外表的年齡，來推測他實際生活過的歲月，那是不現實的。

「是的，恐怕要讓我在那麼柔軟的床上再多睡一天，我都會忘卻旅行的煩憂。」

「是嗎？」諾夫曼停頓一會，他放下手中的雜誌，並在空蕩的屋內轉了一圈，「看來我也沒什麼好給你的。」他顯得有些失落。

「喔，不需要了，在這裡的這幾天我真的很愉快。」我半瞇著眼，腦海中閃過一些零星的回憶，很難說旅行本身總是美好的，但像這樣悠閒的時光卻不常見。

「你是指狩獵野兔的事情嗎？」諾夫曼興奮的轉過身來看著我，他做出拉滿弓箭的動作像個孩子般，彷彿在我之前已經很久沒有人來過此地。

「不，那個可不算在內。」我苦笑道，沒有什麼比兩個大男人在充滿星塵的森林中，追逐野兔還要累的事情，更別提我們除了搞得滿身都是星塵外，根本沒有狩獵到半隻兔子。

而且諾夫曼會提出狩獵野兔的事情，我本以為他是一時興起，沒想到他真當一回事。

「嗯，我真希望你可以待久一些，這樣我就可以再聽到更多有趣的故事，還有……」諾夫曼停止了自己的話，他盯著自己的腳發愣，或許是有什麼回憶從記憶體的深處被喚醒。

我沒有多作猜測，就如同過往我所待過無數的地方，與相處的人一樣，我拿起掛在一旁厚重的斗篷，拍拍諾夫曼微微顫抖著的肩膀向他告別。屋外的星塵積累的很深，就像別人常說起的雪，可我沒有實際見過，也不認為踩起來時會聽見細微的沙沙聲響。

我走得遠，四周都快要被星塵覆蓋，這是非常難得的場景，但對我來說並不是一件好事，畢竟我可不想要在這裡迷失方向。正當我想把斗篷裹的更加緊實，好讓星塵不會沾黏在衣服或身上時，卻意外發現斗篷內襯柔軟蓬鬆的兔毛，我想是諾夫曼趁我不注意時縫上的。處理獸毛並非容易之事，雖然有柔軟的地方，但卻仍然有金屬的尖銳與韌性，要不是相當好的手藝，是無法做到這麼好的。儘管這不會給我在如此冰冷的宇宙裡帶來溫度，卻有著另一種層面的溫暖。

我卻很難想像他逮到野兔的瞬間，尤其是在這種惡劣環境下生長的野兔，有時候快跑起來都看不見蹤影，更不用說找到蹤跡與巢穴都是不容易的。當然我或許是小瞧他的狩獵技巧，不然他又是怎麼能待在這裡生活這麼長久。

我停下自己的腳步，將視線拉遠，企圖從飄落的星塵之中，看向那更加遙遠的宇宙，直到超過影像捕捉最為極限的距離，散亂成過多繁雜的訊號。

這是很神奇的一瞬間，我是指不論經過多長的時間，多少次的旅行，我總是難以從複雜的程式代碼中，尋找出能拼湊，或是能說明自己當初行動的理由，恐怕今後也依然如此。

第一章　長路漫漫

1

宇宙列車無疑是跨越星系之間，最好的移動方式，除去漫長的移動時間外，我難以挑出它不好的地方。更不用說打從我開始旅行以來，宇宙列車的車廂就好比我的家一樣，我在那裡待過的時間，遠勝過一次又一次的旅行。

「午安，坤特爾先生。」列車的服務員薩姆叫喚著我的名字，她與她無數個姊妹們有著相同的圓潤臉蛋，還有那一身乾淨又整齊的制服，如果她能在說話中添加些情感那就更好了。

當然，這也只是我不經大腦的說詞。

我踢了踢身上的毯子，翻了個身，就像是從蟲子般。我從毯子的縫隙中向外窺視，一名看起來約二十多歲的男子正站在她的身邊，理由很簡單，因為我放在前方的行李占據他的位子。

「喔，讓他去別的車廂坐吧。」我抱怨著，但薩姆並沒有理會我，而是強硬的把行李塞到我的身邊，使我被迫坐了起來。

「喬拉頓先生，我已經幫你把位子空出來，祝您有個愉快的一天。不論有任何事情，隨時都可以按旁邊的按鈕呼喚我。」薩姆熟練地說道，並向他行禮後才轉身離開。

我仰著頭，由於我是中途被叫醒的，所以我覺得自己大腦中的程式還無法反應過來，甚至雙腿還處在未通電，沒有半點感知的狀態。

真是糟糕透了。

我企圖想讓自己再次睡去，但卻沒有半點效果。我開始觀察眼前名為喬拉頓的男子，體型瘦高，長像普通，穿著相當隨性，甚至沒有帶任何行李，如果在任何地方見到都不奇怪。

可是這並非一般的列車，是一站便要橫跨數個星系，數天才會抵達的長途列車。那麼一個二十多歲，沒有帶任何行李的普通男子，要不是有計畫性的逃家，就是沒有任何想法的出走。

這個年代中想要離開自己星球的人並不算少數，理由大多也相當荒謬。有些人會覺得離開自己所居住的星系便會有所不同，也有些人費盡時間抵達另一個星系中的某個星球，只為了驗證他的幻想。誰知道他們的運算程式到底哪裡出了問題，不過這種事情要我來說還是有些可笑的。

幸好這樣尷尬的氣氛並沒有維持太久，一如往常只要坐在我對面的人，都會好奇的問我即將要去哪裡，不過他並不同，而是問了一個相當有意思的問題：「坤特爾先生，您有見過狼嗎？」

「狼？或許有吧，不過我沒有什麼太深刻的印象。」

大多數的旅行中，我不會刻意在未開發的星球上旅行，也不會選擇人較多的人造星球。前者有太多不安定的因素與危險，後者則是我本來就不喜歡過於熱鬧的地方。儘管多數我都無意識的持續旅行，但或多或少都會避開這些。

如果真的能遇到狼，那也只是在很遠的地方聽見，或是從其他旅行者的口中得知。

「在我故鄉附近的星球上，居住著一隻巨大的狼，它銀白色的毛會在眾星下閃耀，使它奔馳的時候如流星一般。」喬拉頓半瞇著雙眼，他試著回憶起記憶深處那頭美麗的巨狼，而我則是陷入了另一個困惑之中。

我記得某個旅行者告訴我，他說多半遇見猛獸的故事都不會是真的，哪怕真的遇見，若不是經歷瀕臨死亡之人，那便是一心求死之人，唯獨這樣他們才能在沒有任何食物與水分的曠野中行走，試圖穿越各種惡劣的氣候。哪怕他們遇見也不見得能活著回來，即使他們活著回來，也不會樂於分享給別人。

我退去身上的毛毯，從一旁的行李中拿出能咀嚼的菸草，它刺激著我的大腦，好讓那些散亂的訊號源可以有所集中。

「你為什麼要告訴我呢？」

喬拉頓露出靦腆的笑容，他抓了抓自己散亂的頭髮：「能的話我還想要再見到她一面。」

「她？」

「嗯，是的，或許你會認為我在開玩笑，不過我總覺得她就像是我逝去的母親，儘管已經過了這麼長久的日子，我真的很希望能在某個星球上再次與她相遇。」

「她已經不在那個星球上了？」

喬拉頓沉重的嘆了一口氣，他所發出的電磁波變得散亂與不安定：「很抱歉，我也希望她就在那一個星球上，可是父親一直都不肯告訴我關於那星球的事情，他總說我應該從母親的死亡中釋懷。」

「你沒有試著回到那個星球上去嗎？」

「那是我很小時候的事情，儘管我記得她奔跑的身姿，與她溫柔的眼神，可很多事情我早已忘記，難道你也能記得住自己旅行的事情嗎？」

「我會將記憶的資料備份在專屬的容器中。」儘管我很少會再去閱覽那些過去。

「那麼你自己又為何旅行呢？」

「我不知道，不過某個旅行者曾這麼說過，正因我們有所行動，這個宇宙才不會像是冰冷的金屬。」

「是嗎？」喬拉頓點了點頭。

「那麼你要到哪裡去呢？」我問，儘管我多少能猜出這個問題的答案。

「哪裡也不去，我只是搭上這班列車到某一站後再返回，對我來說這樣就算是旅行吧。」喬拉頓露出了微笑，他顯得相當的愉快，就像是一個愛聽別人說故事的孩子。

「你不會想要再見到她嗎？」

「我會到她的墳墓前祈禱，父親說她是生我後死去的，我想也因為如此她才多次出現在我面前，我希望她真的生活在某個寬闊的星球上，我想你應該能明白我的意思。」

「這恐怕有些困難。」我尷尬的笑了一笑，「我很少會想起他們的事情。」

「喔，那真是抱歉，坤特爾先生，我應該沒有讓你想起不愉快的回憶吧。」

「當然沒有，宇宙的時間是難以估算的，我們會定期的睡去，把大量的程序重新計算與處理，所以每天的開始我們能想起的事情很少。我不會花時間讀取過去，或猜想此時他們在做些什麼，但也或許終有一天我會再次與他們相遇。」

「我恐怕無法像你一樣，搭乘這班列車已經算離開我星系最遙遠的距離。」

「我想你應該可以試著在車站附近看看。」

「不，我怕要是我那麼做，我肯定會控制不住我的好奇心。」喬拉頓眨了眨眼，如果有機會，他恐怕會像我或是其他旅人踏上自己的旅行。

「能離開自己所居住的星球，我覺得那已經相當厲害。」我在借宿於他人星球時，經常會看見那些放棄生活，每天只是仰望星空的人。他們已凹陷下的眼窩，就好比迷失方向的旅行者。

「我們很難不會變成那樣，就好比我們吃下去的東西，是一塊冰冷的金屬，還是大腦編寫出的一串程式；我眼前所看見的你或是列車外的宇宙，那會是真實的，亦或只是一種多層的影像。我們是不可能有所答案的，那就好比你的旅行，或是我夢中的那隻白狼一樣，而我們依然前行。」喬拉頓抬起頭，他有堅定的眼神，有自己想做的事情，一個二十歲，實際只經歷過可能萬年不到的日子裡，就有著自己的想法，實在並不容易。

我將口中的煙草吐近一旁的小垃圾桶中，它就像是一團乾癟的草球，不，嚴格來說是團金屬渣子也不為過。

很少有機會我能想起，甚至說我已經不曾想起，那一段清澈明亮的日子。

我翻找著行李箱內的深處，試圖尋找那裝載我大量記憶的裝置，很快我的手便停止下來，我轉身面向喬拉頓：「時間還多著，你想要聽我說一個故事嗎？」

「喔，那當然沒有問題。」

「不過，與狼無關，甚至不是什麼特別的傳奇。」那卻清晰的出現在我的眼前，宛如昨日。

2

我從十三歲起便居住在愛倫妮的家中，一個位於希爾頓星系外圍的人造星球內，我沒有跟隨父母的腳步一同旅行，或許是我渴望與同年齡的孩子們有著相同的生活。這裡並不算特別繁華的星系，不會擁擠在人造星球中，也沒有什麼特別的景色，愛倫妮喜歡與自己的丈夫西哲斯，享受不被他人所打擾的寧靜，那時候的我還並不懂得這些。

「快從床上起來。」愛倫妮毫不客氣的扯開我的床單，害我直接摔在堅硬的地板。

「再多睡一會又不會怎樣。」

「說什麼傻話，難不成你想要變成跟我丈夫一樣，像個金屬呆子嗎？」愛倫妮吼道，樓下還能聽見西哲斯那有氣無力的聲音，他已經相當年邁，大腦的訊號無法傳遞到全身，記憶與思考都已衰退。

「才不會呢。」我翻了個白眼，想從愛倫妮的身邊繞過，沒想到立刻就被她抓了起來。光從外表估計很難想像，現今已經六十多歲，都快要逼近半個星球年齡，頭髮如星塵般銀亮的她，卻還有著不輸給年輕人的力氣，與美麗的容貌。

「放我下來。」

「不行，你給我乖乖在椅子上坐好，把早餐吃完後到芬特蘭叔叔那去幫忙。」

「我不要，為什麼我非得要去幫忙不可。」

說起芬特蘭叔叔，就不免會想起他那尖如用刀打磨過的鼻子，他誇張的笑聲，與他因酒而突起的肚子，以及那自以為是的幽默。

「你已經十六歲了，坤特爾，你應該要清楚的知道自己要做什麼，不然我就要把你帶去廢鐵回收場回收。」

「那麼為什麼我不行像父親一樣，去宇宙裡旅行呢。」

「喔，拜託，如果你真的想像他一樣，那麼你就先學著如何起床吧。」愛倫妮愉快的笑起來，並在我的碗中添上滿滿的土豆泥，那實際上就像攪碎後的金屬碎塊，即便經過影像處理後會變得不同，但我還是忍不住皺著眉頭。

「我希望可以吃到像小說裡一樣的食物，而不是一堆攪碎的金屬。」

「喔，那當然，我不會阻止你吃一本小說的，反正都是金屬。」愛倫妮揮了揮手，她擦拭去西哲斯嘴角流下的口水，輕按著他已不再柔軟的金屬身軀，表情變得嚴肅，「親愛的坤特爾，你景仰自己父親我並不反對，我清楚知道我的弟弟是怎樣的人，他所選擇的是怎樣的道路，面對的是什麼樣的挑戰。是你選擇在這裡生活的，我既沒有要求你要給我們什麼，甚至芬特蘭叔叔那邊的工作也是你希望的，你能親楚明白我的意思嗎？」

「抱歉……」我低下頭，快速地將碗中的土豆泥與桌上的配菜一同吃著。

「很好，但你不需要向我道歉，我並沒有生你的氣，這次你要一週後才會回來嗎？是第一次跨星系的工作吧。」

「沒錯！我們會經過許多地方，穿過危險的隕石群，繞過各個大原始的星球，挑戰危險與未知的生物。」我刻意誇張的說道。

「別開玩笑了，才不會有那些東西呢。」愛倫妮直接否認我的說法。

芬特蘭叔叔向來都只走最安全的航線，連隕石很難見到，也不會靠近原始的星球，就算橫跨數個星系也是如此。

我望著愛倫妮，思緒變得模糊，大腦中的訊號也跟著分散，我再次回到狹小的列車車廂內。

＊＊＊

我嘆了一口氣：「我不該說起這些的，可能是我太懷念愛倫妮親手做的料理。」那絕對不是把金屬的肉塊、植物或香料隨便搭配在一起烹調，或是透過程序就能轉換的美味。

喬拉頓點了點頭：「我想我能明白，有時候我趴在她的背上，我們會在荒野中奔馳，運氣好時我們能逮到野兔，或只是單純的享受當下，我就像是在母親手臂裡的孩子，總能安穩入睡。」

「那真是特別的體驗。」

「是的，的確如此。」

「好了，讓我繼續接著說吧。」

***

把時間往後推移到我十八歲的那年，或許是厭倦與愛倫妮居住的日子，我在一次機會裡，毅然決然的跨過數個星系抵達艾尼頓的小鎮上，它位於整個薩布亞星系的中央，是一個由巨大隕石改建而成的人造星球。

薩布亞星系跟其他星系不太相同，它主要是由大量的隕石所構成，本來是不適合人所居住的星系，但它位於數個主要星系的中心，這些星系有著各種資源，也有最大的加工貿易站。為了能以最短距離，最快的速度貿易，使得艾尼頓每天都有上千艘飛船經過，以及大型的宇宙列車車站。

這裡無時無刻都有意外發生，維修飛船與列車的噪音，替死者哀悼的音樂，以及許多。它們有各自的波長，卻又完美的混合再一起，所以也有人戲稱這是薩布亞星系的死亡交響樂。

我就居住在維修飛船的工廠內，與其他來到這裡工作的人一樣。當飛船被運送進來，會先由小型的機械掃描與調整，大部分的修理是非常快的，我們多數是要修理相關的機械設備，與整體數據的觀察。如果飛船有死人或是意外時還要幫忙處理。

我們沒有在工廠的時間裡，幾乎就是待在酒吧內，唯有喝醉的時候，我覺得自己才是自由的。不再有那些令人不安的影像，或那些迴盪在腦海，與全身的雜訊。

＊＊＊

「你知道我在那時候學會最多的東西是什麼嗎？」我向喬拉頓問道。

「該不會是喝不醉的方法吧。」

「我想我可以在極短的時間內刻完一個人的碑文。」我假裝做出雕刻碑文的動作，要知道刻字還算簡單，但要連原始的程式代碼都刻上，就變得相對複雜，唯有這樣才能沒有遺漏的紀錄，關於這個人的訊息。

「那是真的嗎？」

「喔，不，當然不是，在艾尼頓很少會有刻碑文的習慣。」

好一點的會在附近的隕石上立起一塊特別的金屬，讓它能提醒那些經過的人。一般而言，在艾尼頓車站前的廣場有塊巨大的墓碑，每當有人死的時候，就在墓碑上劃上一橫，他的遺物將會放在墓碑之下。

很少有人會知道他們的身分，更別提死者的親人能跨過數個星系，在這裡找到逝者。艾尼頓裡也沒有專門安葬死亡的人，我們最多會在固定的日子裡停止工作，把那些還沒處理完的事故與屍體統一處理。

儘管艾尼頓是如此的糟糕，但也並非沒有好處，由於散落在薩布亞星系的各大隕石群，使得不同隕石相互碰撞、靠近，都會產生獨特的磁場，有些會發出強光，有的則是會產生微型的黑洞，還有發出令人難以理解的聲響。

我曾很長一段時間在早晨醒來時，見到的景色都是不同的，薩布亞星系就像是有自己的思考與心情，卻也令人難以捉摸它的想法，就像女性一樣。

艾尼頓也有不少美麗的女子，你可以在多數的酒吧裡找到她們。但別被她們柔弱的外表給欺騙，想要追到她們並不容易，那就如盛開在孤星的花，不畏懼黑暗亦不受環境影響。

＊＊＊

「那麼在她們之中你有成功追求過誰嗎？」喬拉頓睜大了雙眼，他就跟年輕的男孩一樣，對情感與異性充滿興趣。

「不，可以說是一個也沒有，對於她們而言，那時候的我還太年輕，她們所想要找的，多半是那些經過此地的商人或有錢的人，而非像我們這些雙手沾滿汙漬，甚至是觸摸過死者遺骸的，哪怕是再多的錢或喝下再多杯的酒都是徒勞。」

儘管如此，對於多數的人來說，哪怕能讓對方唱一首歌，或能跳上一曲舞蹈，那便已是相當美好之事。

索妃雅，喔，我還記得她的名字，她那火紅的長髮與豐滿的身材。當她開始歌唱，柔美的頻率足以讓星辰都睡去；當她跳起舞來，逝去的人都能感到生命透過電流傳達到全身。我也曾是眾多仰慕者之一，為了能瞻仰她的容貌，我們也曾不惜一切辦法，湊出幾個沾滿油漬的錢幣，或向他人哀求、拜託。

如今想來十分可笑。

「在艾尼頓的日子就這麼過去了嗎？」

「嗯，還有一個人。」我半瞇著眼睛，我想起她卻記不得她的名字。

＊＊＊

在離開艾尼頓之前，我與一名從外地來的女子發生關係，我們偶爾會見上一面，相見的時間都沒有太長，也談不上什麼多深的情感，我們就像是在追逐一個更加虛無，連程式本身都無法運算出答案的東西。

她並非一個能讓所有男性著迷的女子，可她有著成熟女性才有的獨特魅力。每當她眺望遠方的星海，我總會感覺到，那彷彿伸手可觸，卻怎麼樣也到達不了的惆悵。

於是我便離開艾尼頓，回到愛倫妮所在的星球，當我望著愛倫妮小屋旁，那由她親手種植的花園時，已經相隔兩、三年了，對於整個宇宙來說，或許是千年，或許是數百年。

當愛倫妮輕拍我肩膀的時候，我才回過神來。西哲斯的狀況並不理想，他現在連眼睛都不會動了，再過一些日子，當大腦的訊號斷開連結的瞬間，他便會逝去。愛倫妮一邊說道，一邊舉起自己右手已經僵硬的小拇指，暗示再過不久她也會變得如此。在那之前她會回到她的故鄉，安葬好自己丈夫的遺骸，交代後事。

「不用擔心我，走吧，直到宇宙的盡頭，那才是你該去的地方。」愛倫妮向我說道。

3

人造的星球就像是一座小型的孤島，它是人們安全的避風港，沒有原始星球惡劣的環境與氣候，卻也容易讓人捨不得離開它，忘記我們自身所身處在的宇宙有多麼遼闊。

與愛倫妮告別後，我所前往的希爾頓本星，那是過去與芬特蘭叔叔工作都會經過的星球。星球的表面呈現暗紅色，在那裡居住著古老的民族，他們的表皮粗糙有著紅土一般的顏色，與其他星球的居民有著相似之處，身體的膚色都是接近所生活過星球，多半是因為受到星球本身礦物與輻射的影響，包含一些特有的風土病。

在原始星球上生活的人，通常都會被稱為星之子，其主因乃是因為長時間的生活，身體機能已經習慣該星球。就算在沒有水源與食物的情況下，依靠星球本身提供的能源也能活著，但如果已經產生同化，就難以離開該星球。

希爾頓星上的居民算是比較平易近人的，生活方式除了各地的部落外，也有城市與各種便利的設施，也相當歡迎從其他星球到訪的人。其中塔布一族算是在星球中較大，人口也比較多的族群，由於大部分的房子都蓋在地底，身高都比我們矮上許多。

他們喜歡給外來的人稱呼為伊拉，其本來是戲稱沒有皮膚，或是吃不了苦的人。他們會把紅色礦石製成的泥漿，塗抹在外來者臉與手臂，還有裸露在外面的部位，防止受到星球表面氣候所導致的不適。單指氣候與環境希爾頓星並非一個適合旅遊的星球，在地表幾乎沒有特別的景色，植物或是動物。大多數塔布族群都生活在地底，乳白色的水源深藏在希爾頓星的地脈中，形成大大小小的支流。

塔布族人深信這條河流是自己的祖先希爾頓，為了孕育自己孩子所求的，這也是這個星球名稱的主要來源。塔布族人非常喜歡唱歌舞蹈，從早晨到夜晚，甚至是在工作或與人交談之時。

塔布族大部分的物資都是由外地來的，這些多半是為了能換取泉水的謝禮，有不少旅行者深信，這是富含純度很高礦脈的水源，也就是我們通稱純度高的液態金屬，當這些液態金屬被人體吸收後，能比一般的水源有更好的修復自身機能，嚴防金屬組織老化等功效。

在塔布族中還有一個非常特別的植物，它們順著河的兩旁如藤蔓般生長，誤食容易使全身的訊號與電流錯亂，卻非常適合拿來釀酒，其味道醇厚，色澤清澈，也吸引不少旅行者的到訪。

其釀酒的技術並非開始就有，它是由一名旅行者所傳授的。早在數千萬年前塔布族還未接受外來者時，他們並不歡迎這名旅行者，且並不允許他做任何調查。旅行者為了表明自己的來意，經過不少的挑戰與辱罵最後才得到許可。他教會塔布族烹煮該植物的方式、釀酒的技巧以及如何善待伊拉，與星球之外的許多故事。

後來塔布族確實了解，旅行者對他們的重要性，也改變對於伊拉的看法。他們便將酒釀好的那一日做為感恩節，只要是外來的旅行者都能免費招待酒水。其釀酒的方法隨時間改變，與不同旅行者在此定居後陸續產生相關的料理，這個節日舉辦的時間也開始變長，內容也變得多元。

舉凡結婚、搬遷、其他節慶的祭典等。有人誇張的說，這是一個準備千年，慶祝千年的節日。不過也有不少人說，如果你只看希爾頓的外表，便無法發現那藏在地底下的祕密。

＊＊＊

「你在這裡待了很長一段時間嗎？」喬拉頓問道。

「不，並沒有，儘管它可能是我去過原始星球中最好的，但卻沒有吸引我留下。」雖然當時我也迷惘自己該去哪裡，可希爾頓只是一個我一直想去的星球，僅此而已。

「那麼你在之後又去了哪裡呢？」

「我是去了不少地方，可若要把那些星球都仔細地說上一遍，恐怕花再長的時間都說不完，我還是說一些關於旅行中的奇聞異事吧。」

我壓了壓自己的眉間，我很少會像現在這樣，對於他人介紹起自己時並不容易。在這幾年我都只是像喬拉頓一樣，聽著他人說起自己的經歷，或是聽來的故事，很少是說起關於自己的。

我再度從行李箱找到裝有自己回憶的黑色裝置，我一邊用手觸摸著它，一邊讓資料在我腦海中重新拼湊：「你想要聽什麼樣的故事呢？年輕的喬拉頓，渴望見到自己的母親，在夢中以狼身分見到她的你。喔，我想我知道了，那就這個故事吧，一個與我同行的旅行者說起的怪談。」

我相當喜歡這個故事，它講到佩欒提荒原的神祕傳說，故事得要從一名年邁的藝人佐拉姆開始說起。

4

一日，在靠近佩樂提荒原的大城市，其中一間旅店的大廳座位上擠滿了人，還有站在外面看的。經由前面歌唱與舞蹈的暖場後，佐拉姆這才登上舞台，她穿著簡樸的服裝，有別於前面暖場的年輕女子，當她開始環視來訪的客人時，現場變安靜下來。

「啊，我真的沒有想到，還有這麼多人來到這裡，真是令我驚訝。可這地方就這麼點大，若你們那些站著的，擠在門外的就隨便找地方坐下吧，我也不像前面那幾個姑娘一樣，還有漂亮的臉蛋與姣好的身材。」說罷，在場的人便愉快笑了起來。

說起這年輕的姑娘，我就不免想起剛到這個星球來的時候，那年我也才十四歲，粗枝大葉的，沒辦法，沒見過世面。唉，那時也不得以，我老家冷的可厲害，別說有這大城市的樣子，不過就是個破房。小的時候兄弟姊妹還多，長大後幾乎都離開了，就剩個大姐，我在家裡面雖然不是最小的，但排行後面的那幾個，有些不是忍不住餓，就是忍不住凍的，就這麼死了。

佐拉姆一邊說，一邊發出大風吹過的聲音，你們別不相信，雖然外面的星球也冷，但我老家那裡的風，可以輕易的把大地與皮膚劃開。我大姐也怕我熬不過去，便要我到這星球上的藝人團來。

本想著會有好日子過，卻也不完全是那麼一回事。我想你們都知道藝人並不光是賣藝維生，舉凡交易、交換訊息、探勘等，隨著加入的人不同而有所變化。在這裡的人也是來來去去，基本都待不上幾年的，也有的只是隨行。

說起我們的工作，那就不是這麼簡單。在這星球上有佩樂提荒原，我想在座許多人，也是因為它諸多的傳說而到這裡來。在那荒原附近瀰漫著一層微薄的細沙，受到細沙的影響，電流的訊號是散亂的。若從近處向遠處望山巒與星空交疊，如夢似幻，難以區分行走的道路，當地的居民都深信，佩樂提是最接近死者之地。

可是啊，不論有怎麼樣的傳說，我還是奉勸你們回去吧，那裡真的什麼都沒有。過去我不會說這樣的事，因為我還年輕，現在也不是因為我所言能讓人相信，只能說時候到了。

你們別以為我們會去救你們，不論是給我們再多的錢，或是給其他在地的人，結果都是一樣的。如果有人發現你們倒臥在佩樂提荒原旁，他們只會將你安葬而非把你帶回家治療，除非你能垂死掙扎爬的遠一些，不然就別想了。

雖然年輕時我也違背這樣的命令好幾次，我見到他們就如同自己的親人般，每次都把好不容易賺到的錢拿去救那些人，可過不了幾日，他們便消失無蹤。許多人都知道，那是死在荒原裡的旅行者，因為環境與地形的關係，才使得他們死之前的身影，出現在佩樂提附近，只要一旦離開那地，不用多久便會消散。

我要說的故事得要從某一日說起，那時我已經來到這個星球上數年，是個快要十八歲的姑娘，可惜我並不愛打扮，一頭短髮，身上穿的也不是什麼漂亮的衣服。那天我們順著佩樂提外圍的標示而行，那裡隨時都會仰起土灰色的星塵，可相比其它路來說是又快又方便的。

我們往前走著，便會有人加入隊伍，對我們而言也不算什麼怪事。有一個年輕的小伙，他比我還要高一些，也就十七、八歲吧，有一雙漂亮的綠色雙瞳，身上穿著的跟一般的旅行者差不多，厚重又老舊的斗篷。他雖然還年輕，但是已經累積不少經驗，那金屬的皮膚都長滿銹斑。

他挨上前來便問道：「你們要到哪裡去啊？」「就到前面去。」團裡有人指了指前方，他點了點頭，笑著，便很識相的跟在後面，見到有人倒臥在一旁，他也就看個幾眼，見我們沒動靜，也沒有停下自己的步伐。

直到離開佩樂提荒原，我們在一個營地休息，這才有人上前去與他交談問他是從哪裡來的，他笑了笑自稱自己是伊修斯，走過佩樂提而來，團裡的人便笑他，他也不以為異。

伊修斯問我們是否能同行，倒也沒有反對的人。本來還有些人對他不抱持好感，可他相當的風趣，說起旅途的故事，就像已經五十多歲的旅行者，彷彿他外表的年輕只是虛假的幌子。不僅如此，他還向我們要了一些食材，幫我們做出美味的料理，此時便有人好奇他為何穿越佩樂提而來。

他便說只是想知道在這裡有些什麼，倒也沒有想那麼多。

又有人問道，他穿越佩樂提之前的世界是怎樣的，他則回答是與這裡相似的地方，他也不明白為何會這樣。這話一說又引起更多人的發問，但說不上什麼特別的，可又無法說他是不正確的。

伊修斯與我們同行數個月，在那些日子裡甚至吸引不少的客人，因為他除了會說故事外，也有一個好的歌聲，這麼多年我都沒聽過一個人像他那樣唱的：

遙遠的星啊，請帶著我前行。
穿越險峻的深谷，走過荒蕪與死亡。
如果有人問我要望何處去，我便指著自己的腳。
如果有人問我旅行的目的，我便指著前方的星。
……

佐拉姆哼著，坐在下面的人，或那些站在外面的人，便忍不住的哭了起來，那種只有一個人的孤寂，像毒藥般令人難受。

佐拉姆沒有因此而停止，她繼續說道，一日，他聚集團裡的一些人也包括我，他說他要離開，穿越佩樂提回到自己熟悉的地方去。有些人為他感到擔心，也有些人覺得不應該冒這樣的風險。他便又再次笑了，他好像一點也不畏懼危險或是死亡。

可令人感到不解的還在後面，伊修斯輕鬆的叫出在場幾個人的名字，甚至提到一些只有那人才知道，親人或好友的名字。有些人相信便哭著跑出去，有些人覺得他在說謊便咒罵他。

等他站在我面前，親口說到我大姐的名字時，那瞬間我才了解前面的人，所畏懼所聽見的是什麼感受。因為在他的說法裡，我們好像才是那迷失在佩樂提荒原內逝去的人。

佐拉姆的話語到此便停止下來，她環視在場的人，並向他們發問一句相當有趣的問題，她是這麼說的：「我們是否真實的活著。」她雖然提問，但也讓在場的人不要著急，她又接著說道，「我不是指我們是否是佩樂提荒原內的殘像，但我們所見的有多少是真的，而又有多少是虛幻的呢。」

她表示姑且不論伊修斯帶來的消息的真偽，她也不覺得自己曾踏入過佩樂提荒原內，甚至因此迷失，但她也無從考證。這麼多年她沒有回到故鄉的星球，她自身都已經成為這藝人團的領導，也有不少人是專門來看她演出的，她也快忘記這件事情。

可是每當望向佩樂提荒原，她的內心總會有一種難以抵抗的衝動，吸引著她穿越那地。

「或許，我們所要思考的並非活著的問題，也很有可能是我們是否誠實的面對自己了。」佐拉姆給自己一個滿意的答案，她認為伊修斯並不存在，他只是反映他人內心慾望的殘像。就如同那些已經死了，卻還徘徊在佩樂提荒原的那些人一樣。

＊＊＊

我放下手中的記憶裝置，回到列車車箱內的感覺真是不錯。

「坤特爾先生，我總覺得你還沒有把故事說完。」喬拉頓似乎並不喜歡我將故事停在這個段落。

「可在這之後的說法都不一樣，有人說佐拉姆說到這裡便從眾人的眼前消失，也有人說她在說完這故事的幾天後，便從藝人團內失去蹤影，有個比較可靠的說法是，她在說完這故事的隔天便前往佩樂提荒原。」

「可這種事情……」喬拉頓似乎陷入某種困境，無法想出答案。

「別在意，傳說就只是傳說，難不成你認為我們此時坐在這裡，也不是真的嗎？」

突然間車廂外傳來陣陣的敲門聲響，一個醉漢走了近來，他看著我們便笑著說道：「那可不一定，傳說可不是這麼簡單的。」醉漢伸出他的手臂，上面有著不少的傷疤，在他的臉上也有，讓我想到那些不畏懼生死的冒險者。

「我是賽巴斯，我不是有意要偷聽你們的對話，可是在這列車上也閒得慌，總想找些樂子。」賽巴斯本想再說些什麼，但這話還未說出口他便醉倒在車廂內，服務員薩姆很快就跑過來，見到賽巴斯時，她還對著我們碎念了一番。

看著賽巴斯被薩姆輕鬆的扛在肩上，喬拉頓一時間還不太敢相信自己的雙眼。他似乎不知道薩姆其實是特別的機械人，只有在這種長途的宇宙列車上才有，為了能應對各種突發的狀況，再者則是安全的考量。不過要區分我們與薩姆的差異，那恐怕也不是件容易的事情。

「好了，先讓我們緩和一下心情，你也說一說你的故事如何。」我向喬拉頓提議到，其實我自身也有些好奇，不論是那關於狼的事情，或是搭乘這班列車的目的。

「那當然沒問題，不過坤特爾先生，我的確要緩和自己的心情，總覺得我還迷失在佩樂提荒原上。」

5

「我想那對你來說是再熟悉也不為過。」喬拉頓輕快地說道。

＊＊＊

那是坐落在一條商店街內的二手商店，與其他商店街不同的地方，這裡沒有喧鬧的叫賣聲，或忙碌的腳步聲，有的只是金屬與油漬的味道。

每日那裡都有大量淘汰的機具與零件被拋售，多數的都會被轉手到大型的工廠重新利用，少數的則會留在店內的經過修理再賣出，當然也有不得不淘汰的。

如果盯著那些細小的零件與電路板，總是會忘記時間的流轉。因為我的家中歷代都是負責做這個的原故，我很難不對這些機械有所熱愛。

老實說再過幾個月，我與我的妻子約瑟娜就要結婚，她是那裡非常厲害的人，她能夠精確又快速的將大部分的機具修好，且從來不需要花時間與客人討價還價，沒有人會想要質疑她所開出的價格或是她的手藝。我總是希望可以像她一樣，可卻還差得很遠。

約瑟娜與我不同，她是個相當喜愛旅行的人，所以她的店有一半時間都是關著的，有人想要找她還得要碰運氣，不是說等就能等到的。

我不是一個特別喜愛旅行的人，我雖然會對旅行者的故事感興趣，可實際上又是另外一回事了。雖然約瑟娜並不會對這點有所不滿，甚至在我們熟識之後每當她開始旅行，多數的客人便會找上我，可有時我不見得能滿足所有客人的要求，他們都會希望我有一定的專業，甚至要比約瑟娜來得好。

每當我迷惘的時候，我就會坐上這班列車，讓自己可以紓解這些壓力。本來都是搭短程的，但有一次不小心買到長程的票，從此之後這便成為我生活中不可缺少的一環。我覺得這對我而言，就算是一種旅行，有的時候甚至我會相當期待，每一次從車窗望向宇宙的景色、或遇見的人、或聽見的故事。

不過要說到我們那裡特別的事物，莫過於昆德克的店鋪，那裡什麼都賣，雖然大多數看起來，都不像是能使用的東西，但還是會有人來買。昆德克據說已經有一百多歲，都快要追上一個星球的年齡，可他依然健朗。有許多孩子喜歡去他的店裡搗蛋，他就會追著他們從街的一端跑到另一端。

說起昆德克，就有不少的人猜想他的身分，有人說他是非常有名氣的廚師，因為經常會有人來找他，希望能傳授些烹調食材的技巧；也有人說他其實是一名醫生，或是一個相當厲害的冒險家。說起這些事情的時候，他總會笑著帶過。

就在前不久發生一件令人意外的事情，那一日有個來自外地的女子在店鋪內打聽他的名字，大家本來都沒有在意，可當那女性走入那間店後怪事便發生，昆德克不知道去了哪裡。

桌上放了一杯剛泡好的咖啡，一旁擺放著當日的早報，裡面還有些客人說他剛還在這裡，可沒有人知道他為何消失在店內。位於後門倒是有不少東西被踢翻的痕跡。

從那一天起便沒有人再見到昆德克，就連那個來自外地的女子也是。有人說那女子是他的妻子，他們已分離很久，昆德克怕遇到她便跑了，也有人說那是他的愛人，他們兩個早就約好，怕被別人知道才搞得這麼神祕。

約瑟娜似乎知道的多一些，她說那女子是昆德克的孫女，她有向她略微提到這件事情，可女子為何如此神祕令人好奇。

＊＊＊

說到此喬拉頓停止下來，他望著車廂內的上方：「你有聽見什麼嗎？」

外面的走廊傳來忽大忽小的腳步聲，隨即變得安靜，突然間，嬰兒的哭聲打破寂靜，也柔軟喬拉頓的心，銀白色的淚水從他的臉頰滑落。

我起身拍了拍他的肩膀，並離開車廂，好讓他能沉澱自己的心情。

6

我順著列車的走道而行，剛才傳出嬰兒聲的車廂就在一旁，那裡擠了一些人，他們都在慶祝新生命的到來。藍色的光緩慢地從車窗外流淌近來，把列車內渲染得像另一個宇宙，這是某些隕石所產生的輻射波。多數時宇宙是非常昏暗的，如果有強烈的光源或顏色，那通常都是帶有某種能量所致。

長途列車通常都沒有幾個車廂，卻彷彿能讓我迷失在此，我很少會在列車行駛時在車內走動，甚至不會到位於後列車廂的吧檯去。我知道有很多人喜歡在那裡找樂子，因為在那裡什麼樣的酒都有，還能遇見不同的人，與其所帶來的各種物品。就像剛才喝醉的賽巴斯一樣，可惜我沒有什麼喝酒的習慣，打亂全身的電子訊號，強制讓系統不正常運作，並非我喜愛做的事情。

我走到了一處，那裡放著一塊畫板，畫板上有些打稿用的線條，卻看不出作者想畫些什麼。一旁有張椅子我便坐了下來，我望向畫板後的宇宙，一邊好奇張望著那些擺放在箱子內的畫具。

「喔，你好啊。」一個陌生的聲音從我身後傳來，我轉身看向他，男子顯得有些消瘦，兩頰就像是被風消磨過的岩石般，就彷彿剛走完一個既漫長的旅途，歷經風霜與飢餓的旅行者。

「我很抱歉。」我站起身便準備離開。

「沒關係的，反正我也想不出來我能畫什麼。坐吧，我是伯塔托，你呢？」

「坤特爾。」

「坤特爾嗎？這真是個好名字。那麼坤特爾先生，你喜歡畫畫嗎？」

他從一旁拿起板凳便坐了下來。

「不算喜歡吧。」

「可是我看你的雙眼直盯著畫具蠢蠢欲動呢。」

「這只是我的一個壞習慣。」

「喔，我明白了，肯定是在你身邊也有喜歡作畫的人吧。」

「嗯，不過那是很久以前的事情。」我也幾乎都忘了。

「很久以前嗎？」伯塔托打轉自己的雙眼，「不知道為什麼我想起一隻貓，你知道貓嗎？」

「我知道，可是我沒有養過。」

「你應該要養一隻貓，那是一種相當有意思的動物，當然那也不是我養的，是牠自己溜進我的房子裡，似乎迷失方向。你也迷路了嗎?坤特爾先生。」

「我想我可能在列車裡迷了路。」

「沒有人會在列車裡迷路的，或許你是個例外，就像那一隻貓一樣。」

「可我並不覺得自己像貓。」

「我當然不是說外表，不過一開始我也不是很明白貓，甚至可以說到後來也不是很明白。」

伯塔托接著說道：「我居住在一個狹窄的公寓裡，那裡住了很多人，可我們平常都沒什麼交談。我也不是畫家，只是一個醫生，負責心理方面疾病的，那不是一個什麼大不了的工作，我大部分時間都在聽別人的抱怨。」

「或許你會覺得不可思議吧，為什麼在這樣的時代裡，依然會有人承受不了內心的壓力。不過這就像我們大腦或身體的系統，與程式會錯亂一樣，情感的本身也會有超出計算的事情發生。」

「但是動物就不一樣了，我必須承認我還挺羨慕動物的，尤其是那一隻貓。」伯塔托陷入了自己的回憶。

＊＊＊

那是一個略為乾冷的季節，天空中有些許的星塵飄散，使人有些慵懶。貓就坐在沙發上，牠是全身漆黑的，有亮綠色的雙眼。牠漫不經心的正理自己的毛髮，好似牠才是這屋子裡的主人。

貓見到我也沒有跑，牠只是看向我，打個呵欠便捲曲著身子睡了。

貓出現後，有時牠會跑到別人的家去，有時也會出現在開闊的地方，有時我們也不知道牠去了哪裡。那一陣子，貓似乎成為每一個人共同的話題，每個人都在猜想貓是從哪裡出現的，貓又在誰的家裡，或貓做了些什麼。

我甚至會跟病人聊起貓的事情，有些人並不以為意，有些則是產生一些細微的變化。對於我來說還是挺不可思議的，我本來不是太相信動物醫療的學說，我始終認為那只能造成一時的改變，當貓離去後時間會讓人回到本性。

但是貓確實做到了這點，即便後來牠已經沒有再出現，對我們所造成的影響還是莫大的。可有時候我也會覺得，身邊的人有所改變雖然是好，我卻像是一個病人一樣，整天都在幻想貓再次溜進房子裡的那天。

＊＊＊

「你覺得人是可以成為貓的嗎？」伯塔托問道。

「至少我不會想要變成貓。」

「喔，你當然不會，我是說想要成為動物並非什麼難事對吧？從構造上來說，我們都是差不多的，只是大腦的運作與程式有些不相同，且你應該也見過吧，有著動物特徵的人。」

「那確實不是什麼特別的事情。」不論外表改變再多，我都不覺得那是個動物。

「可這很有趣不是嗎，不論是想要成為動物，或喜歡動物的，都表現出我們對於自身以外的依賴性。」

「嗯，這很難說吧。」

「那麼換個角度來說，坤特爾先生，你會坐在這個畫板前，不也是相同的道理嗎？我沒有惡意，不過我的推論沒有錯，你應該是在擔心你的妻子吧。」

「我確實是很擔心沒錯。」可我卻不明白他是怎麼知道的。

「不要這麼嚴肅的看我，在我沒有工作的時候我也只是普通人，這只是我的一個壞毛病，我總是會太過於好奇他人內心的想法，而導致自己陷入危險之中。」伯塔托放緩語氣，我不得不承認他說話的方式確實有某種魔力，就好像在那複雜的程式語言中，藏有什麼能看透人大腦的程式般。

他起身，從一旁的畫具中拿出了一隻畫筆，並放到我的手上。

「拿去吧，沒什麼好擔心的，坤特爾先生。我想你應該是要到前面的車廂去，那裡還挺熱鬧的，就像是有什麼事情即將要發生。」

7

我把玩手中的畫筆，總覺得有些事被喚醒，關於妻子的事情，還有許多。

我向前而行，直到藍光退去，列車回到原本昏暗的色調，有孩童從我身邊嬉鬧跑過，我望向他們，如望向自己年幼的時候。今天發生的事情太過於多，使得我的大腦來不及處理這些資訊。

遠處，有些騷動聲吸引著我，我向那個車廂走去，裡面擠了些人，他們圍著投影出來的影像議論紛紛。那是一名女性，皮膚如透亮的水晶，她躺臥在花簇擁的棺木裡平靜而安詳。

原來他們是在討論旅途中所見的人物，說起這名女子的時候，便有些人覺得這並不是真實存在的人物，而是由某一個巧匠以死去妻子所雕出來的，另一方則說自己親眼見過她還活著的時候，兩方各堅持自己的意見互不相讓。

「好了，這有什麼好吵的呢，都安靜下來吧。」說話的人是個年邁的老者，他說話的電波向四周發散，給人一種虛無飄渺之感。他坐在位子上，不像是其他人站著，像從開始就在這裡的，有人聽見他說話便安靜下來。

「那麼我也說一個故事吧。」老者緩慢的說道。

＊＊＊

在布蘭薩爾山脈往東，沿著起伏的山巒而行，在一處凹陷下的山谷裡，有一間旅館，它依著一座湖泊藏匿在群山之間，是只有極少數旅行者才知道的祕境。年幼的牧馬塔在那裡工作，他是被客人撿來的孩子，莎蓮娜一直想要個孩子便收留他。

牧馬塔一天中要做相當多的事情，他總是相當的勤快，客人也都喜歡他。沒有工作的時候，牧馬塔便會離開旅店，在不遠處的山腰上眺望遠方。

一日，莎蓮娜便叫喚牧馬塔來到她的面前，給了他些一套特別縫製的服裝，這衣服的線是上好的金屬製的，還有些刺繡。這種衣服是給舞者穿的，本來男性是沒有這種衣服，可莎蓮娜疼愛他如自己的孩子，便幫他做了這麼一套服裝。

「從今後你就開始學習舞蹈與接待客人吧。」

牧馬塔很是高興，馬上就換上這套服裝，這衣服的色底是深藍的，當光照的時候便會像宇宙般迷人，這刺的繡是飛鳥，只有在舞動的時候才特別顯眼。牧馬塔看著鏡子裡的自己，他很是喜歡這套服裝。

莎蓮娜也沒想到牧馬塔學習舞蹈會如此的迅速，他的舞蹈輕柔更勝女性，展現剛強的時候亦不遜色於男性，客人都被他的舞蹈吸引，來的人也就日漸增多。

客人增多後並非好事，這裡沒有足夠的人手來服務這些客人，有些客人甚至是來嘲弄牧馬塔的。這些客人的到來也使得湖泊裡的水逐漸黯淡，靜謐的山谷中充滿客人嬉鬧的聲音。

牧馬塔逐漸對這份工作感到厭惡，他待在山上眺望遠方的時間也逐漸增加，有時候甚至會忘了時間的流逝與工作。可當他回到房間內，看見那披掛在衣架上的服裝時，又讓他倍感心痛。

百感交集的他生了一場重病，他的大腦就像失去控制的猛獸，電子訊號在他的體內亂串，讓他不自覺的抽動自己的四肢。這場怪病持續好幾日，沒有一個醫生能治好他的病。

就在這場病開始後沒多久的深夜裡，牧馬塔留下一封信，他便穿著輕便的衣服離開，往他經常見的遠方而去。

這不是特別明智的選擇，因為他還有病在身，時不時的便會發作，當發作的時候他便在地上打滾，把身體都磨的到處是傷。當有人見到他還以為是那裡來的瘋子，都不敢靠近他。

徒步數日，他餓了就敲著腳下的岩塊來吃，村裡的人都害怕，以為是哪裡來吃人的猛獸，都不願讓他靠近。走過數個村子後，牧馬塔來到一個小鎮外，那裡有間不起眼的小店，店裡外坐滿了不少客人，他本來想要繞開，可卻有一個身形巨大的男子從店內走出，給他各種盛滿食物的料理。

牧馬塔便忍不住的大口吃起來，店內有些客人好奇便問他從哪裡來，他就指著遠方已經看不見的山，有些人很訝異便問他事情的經過，可他半句話也說不上，就像是亂吃東西所造成的。

那名巨大的男子名為柯奇洛，是這間店的老闆也是主廚，他收留牧馬塔，並讓他在店裡工作。從旅館離開後發病的次數日漸減少，也已幾乎不再發作，牧馬塔的聲音也隨著病情逐漸好轉。

他自己雖不願麻煩柯奇洛，卻也不知道該往何處去。

在店內的工作跟旅店有些不同，尤其是在食材上的處理，柯奇洛有著自己一套的堅持。從商人把食材送進來開始，切割、調味、料理等，一步都不能馬虎，其中又以肉類食材要處理的細節最多。

因為肉是由金屬所構成的，其柔軟到堅硬的部位各不相同，除用手感知外，也同時要用雙眼與經驗，這樣在切割或料理時，才能使肉本身的美味發揮到最大化。

還有香料的運用，這些調味品在外觀上幾乎都沒有太多差異，最多就是因為本身所吸收的能源不同，會有不同顏色。這會是區分的一種方式，但並非絕對，最好還是親自嚐過，並有明確的標籤來區別。

除了食材，與店內的客人交談也是不可少的，牧馬塔開始有些抗拒，這會使他想起在旅店的那些客人，他花了些時間才適應。這裡的客人多數都挺不錯的，他們會聊起旅行中的事情，也會好奇料理所使用的食材與技巧。

牧馬塔一天比一天還要喜愛這個地方，當牧馬塔把店內能學的都學會後，柯奇諾便要求他離開。他去過不少星系，在不同星球上工作，除了料裡他還學習許多不一樣的技能，就與在座的旅行者有著差不多的經歷。

他在一次旅行的列車車廂裡認識他的妻子，他們相愛，並希望能夠再一起。可牧馬塔並沒有想到妻子的身分，與她的家族，都阻止他們。最終牧馬塔不得不捨棄自己的名字，只為求他家族的接納。

這不是一個幸福的開始，牧馬塔在捨去自己的名字，也與妻子結婚後，他仍然受到家族的鄙視，只因他是被人所不要的孩子，也沒有名分。家族裡的人並不看重他的多才多藝，反而還來取笑他。

他一度想要帶著妻子離開那裡，就像他逃離旅店時一樣。可是妻子有著身孕，他不得不忍下這樣的念頭，他不希望自己的妻子受苦。

在一次的晚宴上，家族裡的人把他帶到一個黑暗的地下室裡，並在肉體上羞辱他，強迫他離開這個家族。這樣的事情又陸續發生許多次，牧馬塔都忍了下來，他暗地裡已作好準備，他要找一個能讓妻子居住，卻不容易被家族察覺的地方，還要等待家族戒心放低的時機來臨。

他在妻子生下孩子，家族裡的人都在慶祝之時，便帶著自己的妻兒回到他的家鄉。他們沒有絲毫的休息，牧馬塔知道自己的妻子恐怕無法長途跋涉，所以他將妻兒都背在自己的背上，費盡力氣才走回那間在深谷裡的旅店。

儘管他與莎蓮娜很久未見，但她並沒有責備他，反而還在當下與他相擁。牧馬塔只留在哪裡幾日，確定妻兒狀況都良好後，便要再次離去，他希望可以藉由自己，讓她的家人不會發覺到妻子的存在。

＊＊＊

老者的眼眶泛紅，就像是回憶起那些難過的往事般，他也讓我想起稍早前喬拉頓所提到的昆德克先生。他才剛想要接著把故事說完，車廂裡突然闖入許多警察，他們環視在場的眾人，氣氛一下子便緊繃起來，每個人都以為那妻子的家族已經派人找上他。

8

警察仔細地檢查過每個人的身分，也把車廂內能藏人的地方都翻了個遍，他們行動快速，又接著往下一個車廂前去。原來就在前幾日的早上，獨居在人造星球的亞西雅女士，為了不被送入療養院，她不但隱藏自己丈夫的死訊，也連同牧師準備一場假死的計畫。

可這計畫本身並不嚴謹，嚴格來說還有些大膽，亞西雅女士在那天早晨對著來訪的人員再次發火，她不讓人踏入屋內，讓牧師偽裝自己的丈夫，企圖不讓來訪的人員進入屋內。

當來訪的人員離去後，亞西雅女士便馬上要假死，等送貨的人員到來，他會與牧師一同發現兩具屍體，此時作為共犯的牧師會馬上把兩人的屍體火化，亞西雅女士則會用她已死的貓做為替代。

這本來不會被任何人所察覺，但她沒有預料到雖然蒙騙過送貨的人，但這消息卻走了風聲，馬上就吸引起來訪員的注意，他不相信一天中這兩人會同時死亡。雖然亞西雅女士已經逃跑，警察也已逮住牧師，想必再過不久就會找到亞西雅女士。

警察在檢查的同時，也透露了一些關於牧師的自白，內容是亞西雅女士留給牧師的，她希望就算計畫失敗，也能得到諒解。

＊＊＊

故事本身並非那麼完整的，在我向布蘭亞轉述時，她從中補充了一些內容。

星塵緩慢地飄落在亞西雅女士的星球上，那些都是隕石或其他金屬碎片在宇宙中經過漫長時間擦撞消磨成的塵埃，它們會再次的聚集，成為植物或星球的養分，也可能再經過更長的時間匯聚而形成一個星球的雛形。

誰知道呢？

至少亞西雅才不關心這些，以往心情好些的時候，她會將星球上的星塵給清理乾淨，免得自己連門都無法出去。別小看這些摸起來立刻就變得粉碎的星塵，若是放著不管，會變成什麼都不奇怪。

亞西雅緩慢的喝下剛泡好的熱茶，她緊盯著牆上的時鐘與窗外，按時間推算再過一分鐘，探望獨居老人的薩傑爾就會出現，這對亞西雅而言是相當重要的事情，因為她不想要讓這個計畫被任何人知道。

她深呼吸著，位於肺部的風扇嘎嘎作響，腦中的訊號也不停亂串，這一分中顯得相當難熬，她甚至連握著茶的杯子都顫抖起來。

滋！強烈的電磁波傳近她的腦海，是電鈴的聲音。

為了不讓自己的緊張被來訪員識破，她發出巨大的走路聲響，把房子搞得像被隕石砸到一樣，發出蹦蹦蹦的聲響。

「你晚了一分鐘。」亞西雅一邊把門甩開一邊怒吼道。

「妳還是一如往常的健康呢。」

他露出靦腆的笑容，他是個才二十五歲的青年，亞西雅不知道為什麼像他這麼年輕的人要選擇這個行業，但她明白他才不像外表看起來的那麼簡單。他總是在觀察著這裡的一舉移動，他會將那些已經無法照顧自己的人，都送到安養院去。

——鬼才要去那種地方！

亞西雅一點都不想要被別人照顧，更不用說給不熟悉的人觸摸自己的身體，想到就覺得噁心。

「請離開我的星球。」亞西雅警告著。

「我會的，不過在那之前，我似乎沒有看到湯德洛先生呢。」

「他不就正坐在那裡看電視嗎？」亞西雅女士指著身後沙發上的那一個人影說道。

「早安，湯德洛先生。」他一邊高呼一邊想踏進屋子內，但並沒有成功。

「你休想踏進這屋子裡一步。」

「是是，我知道了。」他在小本子上標著記號，邊又接著說道：「那麼明天我還會來的，同樣的時間。」

「這裡並不歡迎你！」

亞西雅用力的把門關上，她鬆了一口氣，這種事情果然對於老人家還是太過吃力，雖然她一點都不想要承認這點。

她再次抬頭確認時間，並且從一旁的落地窗查看，有沒有躲在附近的花叢。果然那傢伙還在，他正悠閒地跟後院的植物自言自語，通常都要在等上一些時間才會離開。

亞西雅將目光拉回屋內：「好了，一切都照我說的去做。」她叫喚著那位坐在沙發上，假扮著自己丈夫的男子說道。他是名五十多歲的牧師，除了那稀疏的毛髮與乾瘦的身材外，難以說出有什麼特點。

而亞西雅真正的丈夫早就已經死了，在一個禮拜前，為偷偷掩埋自己丈夫的屍體，並且在不被人察覺的情況下離開這個星系，便是亞西雅女士的計畫。

「這並不會是一個很好的主意，我是說萬一有人去驗屍那該怎麼辦，要是在這一連串的過程中我逃跑了該怎麼辦，我實在是……」他一邊說一邊懺悔著。

「到那時我也不在這個星系裡了，你也是，誰會費苦心的去找兩個在宇宙裡失蹤的老人呢。」

「說不定剛才那個人會揭穿這一切。」

「或許吧。」亞西雅聳肩，「之後會有送貨的人到來，他會與你一同發現我與我丈夫的屍體，你要請他幫忙，並且在被察覺之前火葬完畢，當然過程中我就會離開，我死去的貓會代替我完成接下來的任務……」

亞西雅眨了眨眼，假扮死人，用貓代替自己的屍體，這麼瘋狂的想法到底是怎麼在她腦中產生出來的呢。

「那麼如果這一切都順利的話，妳打算去哪裡呢？」

「這我就不知道了，就算我知道，我也無法告訴你，當然運氣好，或許我們總有天還會再見面的。」亞西雅再次的環顧屋子內，已經沒有什麼好帶走，也沒有什麼值得懷念的事物。

一切從丈夫逝去那天都結束了，但結束本身並不代表什麼，那或許只是單純的將亞西雅做為妻子的這點，以及從她大腦的記憶體中，少了身為妻子的部分，不用特別替他準備早餐，不用替他操心會忘記的東西，不用再去整理或是清掃多餘的垃圾……

當然，也不是說對此並不傷感，只是更多的，更加難以形容的，既無法將透過程式轉化成語言，也難以從更加深層的程式代碼中找出能表現的情感。

不過，就算不用去找到答案，或強勢的定義什麼，亞西雅都明白這天遲早會到來，那麼過了這天之後呢？

能回到結婚前的那一個自己嗎？就算不用特別回到過去，又有什麼想要去達成的呢？

可就算不知道答案的本身，光靠大腦運算出來的可能性與情況就隨意放棄，那才是她最不想要面對的。肯定會比自己的丈夫逝去還要來的糟糕，那種每天望著星空，只靠幻想度日的生活，或許她會連自己是誰都忘記。

散亂的思緒在腦海中形成雜訊，隨著電流傳達到全身，最終又回歸平靜，她覺得自己一點都不像已滿六十歲的老人，而是急著做壞事的孩子。

亞西雅露出淺淺的笑容，她拍了拍他的肩膀：「該行動了。」

9

警察離去後不久，原本為在這車廂裡的人也散了些，剩下的人也沒有要聊的意思，我離開這節車廂，當我踏入一處陰暗的地方時，有細微的聲響從我的頭上傳來。

「嘶，警察走了嗎？」說話的人就像是融入在黑暗中似的，看不清他的樣貌。

「他們往前方去了。」

「喔，是嗎？感覺今天真是不平靜。旅行者，你有想要買一個夢嗎？」

「不需要。」

「別這麼說，很便宜的，像我們這種賣別人夢為生的，基本都是做虧本的生意。」

「去給那些需要夢的人吧。」

「可你看起來就很需要，那麼就這樣，我算是吃點虧，免費送你吧。」

他說完，還沒等我回話，便從黑暗中消失蹤影。販賣他人的夢，我沒有聽說過有這樣的人，不過人睡著時都是沒有意識的，大腦的程式重新運轉，刪除掉不必要多餘的部分，這過程所見到的便像是夢似的影像，如果這夢會轉化成電波傳出，那麼被他人給偷走也不是件怪事。

我繼續前行，或許是因為警察剛過的關係，車廂內顯得安靜，彷彿每個人都像是睡去般，又好像如那個醫生伯塔托所言，有什麼事情要發生。

我下意識的想要尋找那隻畫筆，卻不知道它去了哪裡，我摸索自己的全身，我回頭望，那好比我來時的路，我離開她的這些日子般，若有似無。

一種難以言喻的情感，在我的腦海中匯聚成一串複雜的程式代碼，它們互相交錯，時而散開時而聚攏。

如果有夢，在這個當下，我想我應該會想要夢見自己的妻子吧。

我的雙腳踏入最後一節列車的車廂，裡面零散地坐了幾個喝醉的人，他們打著呼嚕，像是列車到站後人都離去才有的景象。

酒吧裡的人抬起頭來看了我一眼：「要什麼？」

「一杯果汁吧。」

「喔？」他挑了眉，還以為我是到這裡來買醉的。

「果汁。」我再次說道。

他依序將各種果汁加入雪克杯中，搖晃的雪克杯發出輕脆的聲響，我泛起了一些睡意，它沉重地想闔上我的雙眼，又輕柔的想要帶領我前往某處。

當我再次回過神來，我身處在一處曠野中，我見到一頭銀白的狼，牠就在不遠處仰天長嘯，突然間又開始奔馳，像是銀白色的流星。

當狼消失在前方，在我的身邊出現一個熟悉的身影，她穿著簡樸的服裝，一頭盤起的短髮，水藍色的眼。我知道她，她是我的妻子，布蘭亞。她輕柔地哼著歌，一邊擺動自己抱嬰兒的手臂，她在她的臂彎裡安然入睡。

那已經是很多年前的事了。

第二章　如夢似幻

1

雪克杯的聲音緩慢停止下來，一杯調好的酒放在我的眼前，我忍不住皺了眉，正想要說我點的並非酒精性飲料時，有個人從我背後大力的拍了拍我的背，我轉身過去，一張熟悉的面孔出現在我眼前。

他有一副看起來很蠢的眼鏡，以及已經走樣的身材，我一直都難以想像他會變成這副模樣。如今的他已看不清那因旅行而產生的傷疤、健壯的身材，他略顯駝背的，就像是個老去的中年男子。

「我的朋友坤特爾，好久不見。」

「馬洛特！你怎麼會在這裡。」我感到訝異，因為在我記憶裡的他已經死去。

「你在說什麼，不是你要我到這裡來的嗎？」

馬洛特露出笑顏，他向吧檯的人員點了烈酒，從妻子與他關係不好後，他就再也沒有斷過酒。而我也一直記得他的喪禮，來的人很少，他的妻子穿著深黑的連身裙，她沒有哭只是凝視著他墓碑上的照片。

她直到喪禮結束都一直站在他的墓前，在那個當下我才知道她是如此的愛他，勝過一切，只是我這個做朋友的都沒有幫上什麼忙。

此時我才了解自己在夢中，也是我的回憶裡，同時是我人生中最困難的時期，我不知道為何會身處在這裡，一切都像是真的。

「唉，馬洛特，把酒戒了吧。」儘管這是在回憶裡，我還是語重心長的說出這句話。

「坤特爾，你知道這是不可能的。」

「喔，當然……」我皺著眉頭，想想我也是在馬洛特逝去後才戒酒的，每次拿起酒杯的時候，我都會想起他。

「別露出這樣的臉，說說你與布蘭亞的事情吧。」

「我與布蘭亞嗎？」

如果是在此時，她已經生下第二個孩子，生活相當的簡單，幾乎沒有什麼煩惱，也沒有什麼不對的地方。

「嗯，不然還能說起誰呢。」

「別誤為了，我們關係沒有你想像的那麼糟。」

當我每天望向那遙遠的星空，我總覺得自己的身體早已踏上旅途。

「這樣可不好，你不應該逃避這件事情。」

「我沒有。」可我也不會向布蘭亞提起。

「我沒有，我也會這樣說，可我們瞞得過他人，瞞得住自己嗎？別傻了，要是這麼好解決，我們還需要花錢買酒嗎？」

馬洛特望向杯內深綠色的酒，彷彿再多也填不滿內心的空缺。

「我以為你們的關係並不好。」我說道。

「沒有人比我還要愛她，勝過一切。」

「我並不明白。」

「別鬧了，坤特爾，你都已經是結婚的人，應該不會不知道這沒有想像中的那麼容易，我們所要面對的又不只有她一人。逐漸老去的身體、親人、孩子、工作還有許多。」

馬洛特顫抖著的搖晃酒杯，他顯得激動，也顯得悲傷。

「抱歉。」

「別這麼說，你又沒有說錯什麼，這麼多年，你還是跟當初一樣都沒有變呢。」

馬洛特的話語就像是穿過時空，彷彿從他死後開始直到現在，他都一直注視著這一切的發生。

「那時星塵驟降的太快，我只記得我從諾夫曼那裡離開，正準備在另一個星球上開始新的旅途。」

「你應該小心一點的，要不是那時的我正好經過那個地方，你估計得被埋上數十年，可能都不會有人發現。」

「那時的你要去哪裡呢？」

「喔，我沒有告訴你嗎，那時候的我正追尋著大鯨魚群的傳說，這是個只有冒險者知道的故事，有人說知道這故事的人經過那裡，我便追了上去，結果就遇到你。」

「大鯨魚群？」這我倒是沒有聽說過。

「是啊，在遙遠的過去，傳說有一群鯨魚在宇宙裡緩慢的移動，見到牠們的人便能獲得好運。」

「為什麼要這麼做呢。」

大部分的旅行者都不太相信傳說，他們多數願意相信自己腳下走過的事，也不太會去想未來會發生什麼。只有冒險者才會把希望投注在既瘋狂又不見得可能發生的事情上，他們從不在乎當下遇到的困難。

馬洛特屬於前者，就像我一樣。

馬洛特沉重的說道：「仔細想想那時你才二十多歲，而我已經三十多了，雖然外表的年紀不能證明什麼，可是那時候的我確實有個想要結束旅行的衝動。你遇見布蘭亞與停止旅行，不也是因為這樣的理由嗎？」

我搖了搖頭：「其實不全然是這樣的。」這雖然是在一個回憶裡，但我所說的話都是此時此刻的心情，與那時的我並不相同，反而更能明白馬洛特所想表達的，「我之所以停止旅行，有多數都是為了她才這麼做的，但在開始並不是這樣。也不怕你笑我，可我只是個旅行的人，一個冰冷金屬與程式所組成的，哪懂得情感或結婚這種事情呢。」

我們很有默契的舉杯，冰涼的酒飲入喉間變得炙熱，我從來沒想過喝酒會是如此艱難之事。

「我還以為你是用了什麼方法，才打動布蘭亞的。」

「不，其實沒有那麼多說起來浪漫或是神奇的地方，我與她最初的相遇不過是很普通的，就像在宇宙列車裡相遇那樣，我們相互說了幾個簡短的故事。她並非一個旅行者，只是對於故事的內容有興趣，從那之後我們有很長一段時間書信的往來。」

布蘭亞寫在金屬信紙上的字非常好看，而非像我一樣總是刻的歪歪斜斜的，或是有哪一句的程式編碼使用錯誤。我並不一定會在旅行所經過的每個列車站收到信件，可信件總是厚厚一疊，來自不同的時間，不同的心情。

有許多封信外都會蓋滿了章，從一個車站轉到另一個車站，直到他們將信交到我手上為止。

「這一點都不普通。」馬洛特皺著眉頭向我抱怨，「我與她幾乎是再見到面的那天就決定的。」

「可是你並不後悔這個決定不是嗎？」

「喔，那當然，也沒有能讓我後悔的理由。」

「可我還是有些不明白。」

「不明白什麼？」

促使馬洛特與妻子分居的動機，為什麼他們能如此相愛，馬洛特還有什麼是沒有對我說的呢。我沒有回話，拍了拍他的肩膀，我們一同把這杯裡的酒喝完，用彷彿失去靈魂的雙眼，盲目地望向遠方。

曾經在這些日子裡，我與馬洛特總是相約在這間小酒館，直到醉意將我們脫離現實，分離大腦訊號與身體的連結。當我醒來時，我總會在自己家裡迷路，不論布蘭亞是否在家，或是帶著兩個孩子到附近的星球上。我猜她是有意地想要避開我，也可能只是不想讓孩子見到我狼狽與墮落的姿態。我很少會去思考這件事情，當酒精麻痺大腦後，我就只是一個笨重的機械。

有時我會翻書，布蘭亞是名作家，她記錄著各式各樣的故事，書裡除了她自己寫的，也有其他人的作品。單純以故事來說可能很好理解，但要懂得其中的意思卻不容易，尤其是把那些程式代碼轉換成常見的文字，可能是連冒險者都不會遇見的奇幻故事，或那些不知道怎麼想出來天馬行空的點子。我從未到過那些地方，或是聽到任何的人傳說這些故事，甚至不明白它們是怎麼從大腦中被構思出來的。我總會花很多時間思考其中的含意。

當我覺得疲憊，我便會卷縮縮在沙發上，漫無目的地轉著電視，試圖習慣那些看起來很有意思的對話內容，或是看一些星球或星系發生的重大事件。

我不是打從出生開始就在旅行的，只是在旅行後再回來這樣的生活，就像有什麼困住了我，使我難以融入。

一般的生活會是怎樣的呢，什麼樣的日子才算是平常。

我並不快樂。

曾經是如此，現在也是。

當然，這並非對於現況的一種表態，或是能說出什麼道理的。那不是對於不能旅行的自身，也不是對於矛盾的現況本身。

僅只是很單純的，大腦會把這個訊息一次又一次的傳遞到全身，就像某種警訊。它試圖讓我知道，它讓我尋找答案，它也使我受困其中。

如果若要我問布蘭亞，能讓她感到最不快樂的事情是什麼時，她總是會笑著說：

「那肯定是我無法將腦中的故事轉化成文字的時候。」

2

「喔，別喝這麼多。」

有的時候馬洛特總會先比我還要到酒館，他會讓自己喝的七分醉，好似那才是他正常的狀態。

「別阻止我，我一想到他們就覺得生氣。」

馬洛特討厭妻子的親戚，他們總會在暗處嘲笑馬洛特，說他沒有一份好的工作，像是個野人，只有腦子燒壞掉的人，才會每天都想著離開自己的星系，到別的地方去，或其他貶低的話語。

他覺得自己並不受到尊重，以往他說出來的故事，都能讓旅行者們津津樂道，可在他們眼中根本不算什麼。

「忘掉那些不愉快吧。」

「我當然希望如此，可在我身邊的人也幾乎是這麼想的，他們根本不知道我為此付出多少，犧牲了多少。」

「那恐怕很難。」對於多數人而言，不脫離規律的生活與思考，才是正確的選擇。離開熟悉的星系或星球，又不見得能有什麼改變。

「是吧。」馬洛特重摔自己的酒杯，發出巨大的聲響。

見到馬洛特變成這樣，我的內心便感到難過。多年前在這回憶裡的我，並不懂這些，我們只是一個勁的把過錯都怪在生活上，並不像還身為旅行者的時候，勇敢地直視前方。

我挪開他的酒杯，他並沒有抵抗，只是抱怨了兩句。

「走吧。」

我將他扛起，我們走入被群星簇擁的街道，就像正準備往哪裡逃離似的，雖然我們哪裡也不會去。若不是在馬洛特死去後，布蘭亞向我說起他的住處，我想我也不會知道我們居住的是如此的近。

我望向遙遠的星，也曾經在無數個夜裡，我們一同前行。

「你有找到大鯨魚群嗎？」我問。

「沒有，那始終都是個傳說，就算是經驗豐富的冒險者，也少有親眼見過的。」

「你不會想要再次追尋那個傳說嗎？」

「已經不需要，我都這個年紀，還追求什麼傳說呢。」

「可以再努力一下啊。」

「別鬧了，坤特爾，如果你想要這麼鼓勵我，還不如你自己去做呢，不然到我這年紀就太遲了。」

「不會的。」我笑道，雖然我沒有踏上尋找鯨魚的冒險，卻也是開始自己的旅行。

「你怎麼能如此肯定。」

「喔，我當然不能。」如果能改變過去，我也希望如此，可是我並不能讓我眼前死去的馬洛特起死回生，也無法在這個夢裡做些什麼，那都是沒有意義的。

「你真是個怪人。」馬洛特搖了搖頭。

「這我不否認，可你應該堅持自己的想法。」

「我無法做到的，我答應過我的妻子會一直待在她的身邊，且我現在若是踏上旅途，恐怕也無法面對孤獨，我沒有你想像中的堅強。」

「你能做到的。」我用力的拍了拍他的背。

這離開旅途的日子，看似遠離未知的危險與孤獨，卻並不簡單。過去我們只要為了自己而行，如今卻要因為他人的目光，活得小心翼翼。

3

我在布蘭亞不是很忙碌的時候隨口問起：「你相信人可以在夢裡回到過去嗎？」

「從夢裡回到過去就不算是回到過去了。」她眨了眨眼，似乎有些不理解。

「是這樣嗎？我是說如果你在夢裡夢見過去的事情，這樣也不算嗎？」

「喔，那當然。在最近常見的病症中，活在自己的夢裡，也就是不願從自己的意識裡出來的人，他們每天都反覆做相同的事情，就像那些居住在人造星球，而不願到其他星球的人一樣。」布蘭亞停頓一會才接著說道，「我們的記憶是有限的，可實際生活的時間卻遠大於自身記憶的時間，便有可能產生盲區。不過這都只是一種說詞，就算能把病人大腦中的資料讀取出來，再專業的醫生也無法從那複雜到找不出頭緒的程式代碼中理解出真理。」布蘭亞為此露出微笑。

「我不是想說這麼複雜的，我是說妳不會想要透過夢做些什麼嗎？」

「不會，對我來說現在就足夠了，我並不覺得回到過去能改變什麼，尤其是在自己意識產生的夢裡。」

「果然如此嗎……」我深陷在自己的椅子中，對於布蘭亞的回答並不意外，她總能客觀的看待不同的事情，不像我就略顯得幼稚。

「你會想回到過去嗎？」她反問。

「會吧，我總是會想起小時候的事情。」我會在旅行的時候，想念自己的父母，以及回到故鄉的愛倫妮，還有很多。

「那就主動去與他們聯繫吧。」

「這是不可能的，我是說……」當我想要說起自己根本不知道他們的聯繫方式時，我意識到這並沒有像我想像的這麼簡單。

他們都已經過世了，愛倫妮是在我結婚之前，而我的雙親則是在這件事情之後。布蘭亞一直都有與他們聯繫，反而是我對這些事情都睜一隻眼閉一隻眼，記得的並不多。

馬洛特終會離開這個星系，在他幾日未到那間酒吧後。實際上我們在那裡度過了兩、三年墮落的日子。我一直以為他重新開始自己的旅行，直到收到他死訊的時候，我才知道他哪裡都沒有去。

我站在列車的月台，望向遙遠的星空，回憶起多年前當我打算離開這的時候，並沒有向布蘭亞告別，那時的我戒了酒，花更多時間在家中，卻沒有走出陰霾。

當風起的時候，我再次見到銀白色的狼在我眼前奔馳，牠越過曠野、高山與低谷。當我的視線追隨牠而去，彷彿自身也身處在其中，而我想到達的其實並非遠方。

我是在三十多歲的時候遇到布蘭亞，那日我正要開始一段旅程，我剛離開車站沒多久她便追了上來，她身形高挑，外表成熟，內心卻像個孩子似的，她追問著我旅途中的事，還有許多我從未思考過的。

我並不是一個會說故事的人，我也無法像她一樣把每件事情都看得特別，儘管至今也是如此。

我在這日拒絕了她，在往後的幾次也是，我並不明白我的經歷到底有什麼特別，這麼漫長的時間以來我都只是往前走著，從未思考。這並不像冒險者的故事那麼精彩刺激，也不像那些為見到某個事物的旅人，能慢條斯理的說起自己的經歷。

我一直都在往前走著，我凝視著前方，便不覺得自己會失去什麼。我往前走著，不停下自己的腳步，便不用擔心有一天會停止不動。漫長的日子過去，我見過許多人，聽過不少故事，但對我來說那並沒有什麼特別的，只是一長串被加了意義的程式代碼，不曾感動我，也不曾讓我回憶。

布蘭亞總有辦法找到我，不論是在我旅途開始的時候，或在我結束一趟旅途之時，她的身影總會出現在列車車站的旁邊，就像是某種帶著巨大能量的光一樣刺眼。

有一次我把自己的記憶複製下來，並交給了她，本以為事情會這樣就結束，但沒有多久她又再次追問其中的細節。開始的時候我並不會說，說的方式也很傻，可她總是會很有耐心的聽。

她介紹一些書給我，那不是她寫的，內容十分的有趣，看得入迷的時候，我甚至不再旅行。我能在小書攤待上一整天，或是在某張長椅上，書的內容雖然有趣，卻也讓我感到害怕。

我很少去衡量時間，可是等待的時候時間是漫長的，有好幾本書也不夠。有時候我也會想，當我再也沒有故事可說的時候，是否還能見到布蘭亞，是否還能繼續自己的旅途。

這是一件非常可怕的事情，當我不在看向前方時，我畏懼著周圍的事物，儘管這使得我見得更多更廣。

我很喜歡布蘭亞書中寫到的一段，書裡描寫一個無憂無慮的男孩，身邊的人對他都很好，可有天這些人都消失不再了，男孩哭起來，路過的人都沒有一個看他一眼的，直到有個人靠近他對他說：「你哭什麼呢？現在的你已經自由了，快跑起來！」

男孩困惑的看著那人，他試著跑，起先還會跌倒，熟練後便越跑越快，男孩便長出一雙翅膀往前翱翔。這不是一個幸福的開始，男孩在飛翔的過程裡經歷不少苦難，也見過不少事物，他甚至有機會跟某個星球的公主結婚，或是成為一個富豪，可這都沒有讓他停下。

最終他回到最初的地方，把翅膀與自由還給這個與他說話的人，並對他說：「謝謝你，可我要的並不是自由，曾經是如此，現在也是。」

在布蘭亞的小說裡也有寫到關於狼的故事，賀茲曼從小就出生在原始的星球上，他在年幼的時候撿到一隻受的傷的狼，他每日都花時間在照顧牠，直到牠的傷勢痊癒。

年幼的賀茲曼想要將狼放回牠所身處的曠野，但狼總是一次次的回到賀茲曼的身邊。隨著年齡的改變，當賀茲曼成年的時候，狼已經成為一頭巨狼，牠不但跑得飛快，還能在宇宙裡奔馳如流星。

賀茲曼與牠到過不少星球，經歷連他都未成想到的冒險旅途。我與布蘭亞的個性不相似，尤其是剛開始認識的那一段時間，才二十出頭的她顯得有些叛逆，她本來不太願意提起關於自己父母的事情，在逐步的了解後，才知道她的父母並不樂意讓她離開自己熟悉的星系。

說起她的父母，有一段有趣的經歷，她的父親是負責種植，而母親是飼養動物的。他們在很小的時候，就被自己的雙親約定好婚約也認識彼此，可從來都不知道對方就是自己論及婚嫁的對向，直到在雙親約定好的那日，才赫然發現這個事實，彼此都嚇了一跳。

布蘭亞算是個多愁善感的女性，她雖然很少在他人面前表現這點，但多數都寫在自己的著作之中。她對情感的詮釋，彷彿並不像我們這些用程式代碼運算出來的，布蘭亞有時候也覺得，在她自己的身體裡還住的另外一位女性，她渴望著自由與被人愛戴。

在她描寫自己的幾部作品中，曾有這樣寫到。

宇宙裡不曾有光，我活在自己編織而成的世界裡，虛偽的假笑。他們如人一般的活著，殊不知自己只是塊冰冷的金屬。追求外表的人，他們希望自己是漂亮的，竄改了大腦裡的程式，他們所見的影像便是醜惡的，又怪罪於這個宇宙沒有漂亮的事物。那些貪圖口慾的人，從來沒有想過自己吃得是什麼，別人在後院裡挖了塊金屬，他們也吃得津津有味。

我不是人，我只是活得久一些便生出智慧。我不知情感為何物，我只是活得快比一個星球還要年長，使得我泛了愁。

她的小說開始有明顯轉變的時候，是從孩子出生開始，她經常會以孩子的角度去寫自己的作品，內容多半都是充滿著幻想與神奇的。

每晚少女醒來，她望向那遙遠的宇宙，那些自己從未去過的星球，她拍了拍自己的床，那是她航向宇宙的飛船。越過窗星光在她的眼前輕快的舞蹈，與那些在宇宙裡的精靈們一起旅行。

最近這幾年布蘭亞很少對寫作感到興趣，自從兩個孩子離家之後，她改變許多。

4

追憶著這段過往，我似乎比過去發生的當下看得更加清晰，從馬洛特的逝去，自己的迷惘，及妻子的想法等。其實在更早也就是與馬洛特相遇之前，星塵驟降的日子裡，我被困在洞裡持續很長一段時間。

那時確實有很多人死去，或仍埋在某個地方還未被人發現。這是一場突如其來的災難，不光是有人受到危險，對整個宇宙影響都是巨大的，像是那些被星塵埋住的建築，或是停止行動的宇宙列車等。

星塵過多也同時會帶來疾病，或是讓人感到不適的症狀等。

在被星塵埋沒的日子中，那時的我進入一種低能量消耗的無意識狀態，這是一種自我保護的機制，只要依賴星球或星塵的能量，便不怕會因此而死去。

那時我待在洞中，忘了多長時間，我發現眼前有一扇門，我將門打開便走了進去，洞穴一直往內延伸，蜿蜒曲折像是沒有盡頭，我順著前方的微光迷迷糊糊的走著，直到光將我包圍，四周的景色開始改變。

有個人他又矮又胖，身高不到我的腰間，穿著一身過緊的制服，他拍拍我的腿，他說：「嘿，傻大個你還要站在這裡多久，走吧。」

我跟著那人走著，四周長滿我從未見過的植物，有的看上去就像是個甜點，而有的像是食物，顏色是五彩繽紛的。還有那飛舞在天空中的昆蟲，或在地上走的動物，各個都長得新奇。

隨即有一張布置精細的餐桌，放在盛開花朵的樹下，餐桌上擺滿各種精美的食物。我看到有許多人坐著，他們有的看起來就跟我一樣像是個旅行者，有的則穿著某種制服，或看起來很一般的。

我原本以為我要坐在那裡，可他沒停止仍繼續的向前走，走得遠一些時景色又變得不同，四周擺滿了雕塑。一條白色的地毯穿過地面一路向前，在那的盡頭有一個小小的台階，台階的周圍放滿了各種鮮花，四周站了些人，在人群之中有精美的棺材，裡面躺著一個肌膚如水晶般透亮的女性。

她的容貌像極了我在列車上眾人投影出的那女子，只是過去的我並不知道她是誰，也沒記得這個經過。男子走過她身邊的時候便在她身邊放上一朵鮮花，他看向我，我便照著做。

他再次往前，道路是筆直的，四周的景色變化萬千，少有是我曾見過的。

他在一張椅子前停止下來，他繞著椅子走了一圈又向四處查看，才對著我說：

「在這裡等。」

我才剛一坐下，便回到原本的洞穴中，我輕拍被星塵覆蓋的那一塊，才發現那已經變得厚實，難以脫困。我回想剛才的遭遇，也不清楚所見到的是什麼意思，或許是在遇到突發危機時，所產生的電子訊號散亂出現的幻覺。

我慶幸這時的我並沒有意識，因為在實際回想之後，我是極度不安與恐懼的，儘管這已經不是我第一次遭遇星塵驟降，但這次星塵落下的量遠超過我的想像。

回憶中的我卷縮著像是個球，或許是已經放棄抵抗，也可能是沒有料想到之後發生的危機。

當我再次企圖站起身的時候，雙眼已經不再聚焦，這時我的大腦已經不再運算，該如何脫困或是自救都喪失這樣的功能。我以為我的手邊有塊金屬，我奮力的向上挖掘，出於一種單純的瘋狂。

可我越往上挖，卻感覺自己在往下似的，這挖崛起來的感覺也相當奇特，就像不會受到任何阻力所影響，可很快的我又回到原本的洞穴中，既沒有向上也沒有向下，只是在原地用雙手袍抓著四周。

這個狀態沒有持續多久，我回到了那張椅子上，這次在我眼前出現的是一名年邁的男子，在他手上有許多老繭，眉毛細長，雙瞳有神。他正在一邊看著女子的畫像，一邊雕刻一塊巨大的水晶，她與先前躺臥在棺材的那名女子長得一樣。

我顯得有些好奇便問：「這是誰呢？」

他起先沒有反應，過了好一陣子才說道：「她是我的女兒，我想要在她結婚的時候將這個送給她。」

當他這麼說的時，一個結婚的場景出現在我們的眼前。不過多數來參加婚禮的人都是為看上一眼水晶製的雕像，而非雕像本人，就連新郎都情不自禁的看著雕像，讓女子與他的父親都感到悲傷。

這場婚禮在父親的憤怒下散場，他推倒雕塑，趕走現場的人，可已經來不及挽回一切。他的女兒座在椅子上放聲哭泣，他難過的靠在女兒的身邊，想要給她安慰，卻說不上半句的話語。

最終這身為父親的，不但失去這場婚禮，在不久後他也失去自己的女兒，她沒有留下任何的訊息，更不知道她去了何方。身為父親的他不知道自己做錯什麼，這本來應該是給她的祝福，卻變成難以想像的結局。

5

當我再次回到洞穴裡的時候，我突然覺得這樣的自己有些愚蠢，甚至可笑，就像是這幾年來的我一樣，始終都覺得自己再做些什麼，但充其量都是自己的幻想。很有可能我仍在這個洞穴裡，早已被這個世界所遺忘，誰又知道呢？

當我抬起頭的時候，一件出乎我意料之外的事情發生了，馬洛特也在這裡，他顯得比自己逝去的時候還要年邁，不過氣色卻顯得好過許多。他見到我睜開眼時，便對我露出微笑。

「喔，我的老朋友啊，你為何還活在過去的夢裡呢。」他說。

這不是我自願的，我雖然想要開口這麼說，卻又不知道該怎麼表達。

馬洛特拍拍我的肩膀，他說：「別露出這樣難過的表情，這趟旅程裡你不是已經見到許多，安心的回去吧，不需要擔心你的妻子。」

我望著他，有很多的話想說，在這麼漫長的日子裡，一切好像都顯得並不順利。馬洛特只是搖了搖頭，他說：「過去的都已經過去，你應該要勇敢的看向前方，就像每一次踏上新的旅途一樣。」他從身後推動著我，讓我看向前方，厚實的星塵在我眼前裂開，我見到一隻手往洞穴伸了進來，彷彿穿越了時空。過去他拉了我一把，讓我從死亡中離開，如今他雖已逝去，卻依然存在我的記憶之中。

第三章　勇往直前

1

當我回過神的時候，這節車廂已經不是我先前來時的模樣，本來空曠的地方擠滿了人，有些還是我途中經過所見到的。列車的服務員薩姆與她眾多相似的姐妹們站在四周。我見過類似的場景，那是在有隕石或不明的東西靠近宇宙列車時的疏散措施。

一開始會先有巨大的警示聲響，隨即列車上的人們會被分到最前與最後兩個車廂，這樣做的目的並非安全，而是為了將旅客集中，以便意外發生之後的搜救。

通常進入這樣的狀況，便會持續相當長的時間，雖然這對一些旅客並不造成任何影響，他們依舊是聚在一起說不同的故事，或是歌唱等。但對於那些想在旅途中好好休息的人就另當別論了，他們一個個的坐在車廂的邊角，像是某種突兀的存在。

我在自己的座位上有些煩躁，也說不上特別的原因。我望向那些圍著說故事的人，感覺今天聽到的故事夠多了，提不起太大的興趣。

我在人群裡尋找熟悉的身影，已經察覺到我就坐在這裡的喬拉頓，以及昆德克先生、伯塔托醫生，還有那闖進來喝醉的賽巴斯。人群裡除了他們，還有那些找著亞西雅女士的警察，他們也因為這場突如其來的警報被困在這裡。

這是一個很特別的場景，就算是遇見相同的事情，也不見得會有這麼多不同的人聚集在一塊。他們各在一邊卻又受限於車廂的空間，不得不交錯靠近再一起，他們穿著不同的服裝，散發出不同能量與色彩，彷彿一幅特別的畫作。

當我看得入神時，賽巴斯的聲音迴盪在整個車廂，他說話的電磁波彷彿能穿透整個宇宙。當他說起自己的經歷時我沒有很專心的聽，我多半還在回憶剛才那個夢，試圖從那些零散的片段中，找出更多我沒注意到的細節。

我是在車廂氣氛突然安靜下來的時候，才開始轉移自己的注意力，在那之前我只略微的知道賽巴斯是個冒險者。他用忽高忽低的聲音，與自身的肢體動作來表現自己經歷過的患難與危機。

當我把目光轉移到他的身上，我同時也注意到，原先那坐在車廂邊的旅客也抬起頭來，還有那些警察，與那些本身對故事不感興趣的人，他們看向他，彷彿從他身上找到了某種連結。

此時故事進行到後半，賽巴斯環視眾人，他顫抖且緩慢的伸出自己被截斷的左手食指：「噓，安靜，有人這麼說道。那日飛船突然停止下來，就好比現在這個場景，此時的我還年幼，擠在一群人裡，什麼都看不見，突然有悲鳴聲從幽暗裡傳來。」他一手掐著自己的脖子，一邊調整說話的波頻，發出令人背脊發寒的聲音。

「噓，都安靜下來，你們看向窗外。」當賽巴斯這麼說的時候，所有人都一致的望向列車的窗戶，他說：「那時我從人群裡探出了頭，首先看見的是人們驚恐的臉，再來才是窗外那巨大深邃的瞳孔，牠從飛船外盯著我們，那根本是個不該存在於這個宇宙裡的生物。」

賽巴斯邊說邊蹲下身來，他開始敲擊列車車廂的地板：「那怪物襲擊了我們的飛船，它就像是要把我們的飛船撕成碎片，將我們一個個吞入牠的腹中。人們慌亂的跑著，可他們哪裡也去不了，當我再次回過神來的時候，便已經在空無一物的宇宙裡。」

賽巴斯放緩自己的語調，他說這便是他在年幼時所經歷的第一場遭遇，那也是他開始冒險的初衷，他深信著在這個宇宙裡有許多未知的存在，而唯有成為一名冒險者，才能親眼見到這些。

隨著賽巴斯停下自己的話語，所有人才緩過神來，每個人茫然的看著彼此，一時間還難以從剛才的故事裡緩過氣來，像那在宇宙裡飄浮的賽巴斯一樣。

賽巴斯再次環視眾人，他的聲音變得緩慢而沉重：「我知道你們好奇什麼，你們希望聽到關於鯨魚群的傳說，還有那些能使人致富變得幸福的。可那並不存在，若有人懷抱著貪婪與慾望，那麼在追求冒險的旅途裡，只會被毫不留情面的剝奪一切。」

2

賽巴斯緩慢的說著。

＊＊＊

巨鯨不過是一個廣大，又被許多冒險者所訂定的目標，在我無數次追尋巨鯨的過程裡，這一直都是個被廣為流傳，卻始終見不到真實存在的幻象。有時候我會希望我就這麼死在第一次的意外中，在廣闊的宇宙裡如同一塊隕石般的飄浮，直到被磨成一片星塵，那也好比我所經歷過的遭遇。

我不是從開始就嚮往巨鯨的傳說，在我年幼這場意外獲救後，我只是有了個很明確的目標，為了這個目標我花費不少的時間與付出。我精通絕大部分製造飛船的方法，向醫師學習能在不同意外裡自救的方式，也經常詢問那些路過的旅行者或冒險者們，試圖學習到更多有用的技巧。

可是我必須要說，就算有這些基本功課，還是遠遠的不足夠，當你越有把握越有自信，也越容易因此而失敗。

我第一次完整聽到巨鯨冒險故事，是在一個昏暗的小酒館內，說故事的人不是真實活著，我是說他已經死了，他的大腦被人解剖，將記憶體取至另一個機械上，他用這樣的方式來述說他自己的故事。我想這樣並非他自己的意願，可他也沒辦法決定一切。

這個可憐的男人叫做伊瓦卡，他用盡自己的一生，只為穿越風暴抵達內部。風暴只是我自己說的一種通稱，它的名字太多，複雜又難唸。風暴本身超過四、五個星系那麼大，在風暴外是由極細小的粒子所組成的，這些極小的粒子能去電、腐壞金屬、干擾磁場。一般的人或飛船是無法穿越這裡，這裡什麼都看不見，不論是內部的風暴或其外圍的星塵群。

風暴本身是在移動的，它並不規律，卻也難以察覺。有人會稱為它是宇宙的中心，也有把它稱為宇宙的盡頭。

伊瓦卡委託人建造過不少飛船，他多次試著從正面突破風暴外的粒子層，可不論使用再好的金屬、特製的塗料，或加快飛船的速度等都徒勞無功，當那些粒子與船體接觸後便會癱瘓全部的機能。

伊瓦卡開始構思另一個方法，他希望讓飛船透過時空裂縫，穿過粒子層，這個方法雖然可行，但也意味著他必須親自執行每一次的飛船操作，即便能抵達風暴，也無法保證會遇到什麼，更不用說要如何使用時空裂縫再次回來。

這是一個瘋狂的決定，伊瓦卡不是一個冒險者，他會這麼做也不是為了能遇見巨鯨或是貪圖什麼慾望，他只是挑戰自己，希望能做到他人所不能做到的事情。他最終還是下了決定，他沒有告訴任何人，包含自己的妻子與孩子。

回顧到這裡的時候，身處酒吧的伊瓦卡緩緩的抬起頭來，他想要說些什麼，那是故事之外的話，他茫然的望著酒吧的天花板，發出微弱的電流聲。

酒吧裡走出了人，他們把伊瓦卡拖到後面對他施暴，而在座的人僅只是舉杯談笑，沒有人在乎他發生什麼，只想知道故事的後續，以及如何遇到巨鯨。數分鐘後伊瓦卡回到自己的座位上，他低著頭，平靜的繼續說道。

使用時空裂縫穿過粒子層是可行的，因為這本來就不是個特別的方式，伊瓦卡第一次就成功了，他穿過粒子層來到風暴的邊緣。我喜歡稱此處為寂靜之地，與粒子層有些相似，卻不會有任何危險，往內部能見到風暴本身，往外則能透過粒子層看見曲折的宇宙，是個相當神奇的地方。

可來到這裡後，伊瓦卡就有些後悔了，他所見的風暴並不像他想像中的那麼簡單，裡面有隨機產生的時空裂縫、不安定的磁場、微型的黑洞、複雜的隕石群等多變的環境，此外還有難以言喻的生物在這其中穿梭。

伊瓦卡的飛船僅只是為了穿越時空裂縫所製造，沒有避開這些危險的功能，飛船本身也並不快速、靈敏，在他還才剛進入風暴沒多久後，就被微型的黑洞給吸了進去。

巨大的吸力扭曲他的船身與他的身體，可他還想要活下去，他想堅持的結束這趟旅程，回去告訴所有人他來過風暴，他是唯一一個成功的。當四周安靜下來，他的頭在幽黑又未知的地方緩慢地滾動著，時間彷彿已經過去很久，他覺得自己的生命正在退去，失去能源的大腦正一點一點的喪失機能。

說到此，伊瓦卡再次安靜下來，他的雙眼在眾人眼前投影出畫面，那是在他生命最後所見到的。首先是有銀白色的微光出現，它們像是星塵卻又更加亮眼，當微光出現後領頭的巨鯨它的身形不大，身上沾滿星塵與傷疤，半閉著的眼透出幽藍色的光。

挨在這領頭巨鯨後面的是數千隻的鯨魚，牠們有大有小，有像是伴侶的，有像是家族的，那場面非常壯觀。酒吧裡有人摔了酒杯的，跌落在地的，還有激動到奪門而出的。

沒有人能驗證伊瓦卡的影像是否是真的，那一陣子瘋狂想要穿越到風暴的人多不勝數，可沒有一個人成功回來的。我在這之後又做了更多的準備，直到對風暴癡迷的人變少為止，那時我才知道原來伊瓦卡已經死去的消息：在一次的演說裡，他突然拿起刀，朝著大腦記憶體的部分猛刺。

這次他真的死了，且再也不用擔心會有可能被修復。沒有人替他立碑，我做了一個很小的字牌就在造飛船的工廠裡，我沒有特別這麼做的理由，或許只是想要紀念他的精神。

3

動身前往風暴之日，宇宙是非常平靜的。我眺望遠方的星空，內心無法平靜下來。雖然我做好充足的準備，但進入風暴後就又是另一回事。這次進入風暴的飛船分為好幾層，多數都是為穿越時空裂縫準備的，實際等到了風暴後，飛船會小於原先的一半，為了更快速的閃躲風暴內的危機。

我將飛船運送到風暴之外，那時還有不少人留下的座標，讓風暴本身並不是那麼難找。風暴的粒子層外圍散落著一層橘紅色的星塵，與前幾次的考察有明顯的不同，我被這難得一見的景色給震驚了。

這景色帶給我不少的信心，我反覆檢查過飛船，並做好時空裂縫的設定。船艙本身非常狹窄，我會躺臥在一個充滿能量與緩衝的液體之中，飛船本身則是透過與大腦的程式連結所操作，不會有任何不適之感。

穿過時空裂縫時就與前幾次測試一樣順利，可在穿越時空裂縫後就出現意外，一個巨大的隕石突然出現，使飛船在來不急閃避下直接撞上，幸好只有外層受到衝擊，我將外層拋棄後迅速的退回寂靜之地。

觀察風暴的內部，基本上與伊瓦卡所說的一樣，可實際見到又感覺到不可思議，這裡就像是有別於宇宙外的另一個空間，難以想像的生物在這多變的環境裡自在的移動，它們就像是能穿越那些突然出現的黑洞或是磁場。

我想要到達風暴更內部的地方，核心或其他未知的存在，我不可能像伊瓦卡一樣冒險穿過黑洞，只為尋找巨鯨的存在。我讓飛船加速行駛在一條計算好的軌跡上，很快的我就知道這件事情並沒有這麼簡單。

通過數個磁場與黑洞後，我很快的就察覺到，飛船所航行的並非像宇宙這樣虛無的空間，這既是氣體又像是流水，看不清也難以捉摸，不論飛船提升多少速度在此都毫無作用。

我雖然事先有料想這樣的可能性，但受限於飛船的大小，無法提供更多不同的動力。開始我懼怕著那些要撞上的隕石，或就在一旁的微型黑洞，但我很快就察覺這沒有想像中的危險，順著這裡介質的引導，很快就能穿過此地。

還有一點讓我感到不同的是，這裡的時間非常的錯亂，若以在宇宙來說時間的流動是緩慢的，好比數十年才如一日，這裡卻無法估算。

看著眼前突然散開的磁場如七彩的光芒，炫目卻充滿著危險，或只要差一點就會被吸入的微型黑洞，無處不讓人對死亡感到畏懼。還有那些從四處遊過的巨型生物，他們非常的巨大，大腦的運算系統無法將它們構成影像，時而如煙霧飄散，時而又發出不同色彩的光。

見到這些奇景，就不免懷疑伊瓦卡是否也見過同樣的一幕，是否也曾穿過此底抵達風暴更深之處。抱持著這樣的疑問我穿過此地，當光取代所能見到的影像後，我來到一個全然不同的地方，這裡非常的廣闊，中心是個小島，在島的四周有清澈的水，在島上有一個老人他有銀白色的鬍鬚，鬍鬚長得纏繞在他的身上如一件衣服般，他一手拿著釣竿往水裡釣魚，見到我的出現也顯得毫不驚慌。

我離開飛船，自身於此地時，那些擔心與準備好像都變得多餘。

我望向老者釣魚的水面，水中沒有魚，老者的釣竿上也沒有繫著線，他像是在釣魚又像是在休息。

我問他：「這裡是哪裡？」

他看向我笑而不答，指了指身邊另一個釣竿，我困惑的坐在他旁邊拿起釣竿，當竿才一甩出，就好像有什麼東西咬住了餌，它用力的拉扯著我的釣竿，彷彿就要將我拉進水中，可我用力一拉，竿上仍然空空如也，什麼都沒有十分神奇。

我又反覆試了好幾次，也不是真的想要釣上什麼，倒是有種孩童般的玩心，好奇所看不見之處的東西，因為有趣便笑了起來，自己也不知為何而笑，我玩到精疲力盡才放下釣竿。

當我把釣竿放下的時候，我便回到載運飛船的船艙裡，好似我出發的前一刻，可從那之後，不論我在怎麼尋找風暴，探尋風暴的座標，都找不到了。

4

經過這次後，我有很長一段時間沒有行動，感覺什麼都變得不重要似的。但這樣的心情並沒有維持很久，我做了一艘新的飛船，飛船在宇宙航行的時候我便會習慣性的做出甩竿的動作。

我期待會發生什麼，會遇見什麼，可這都沒有如預期的發生。時而我也會去附近的星球上探聽些消息，那些卻都沒有吸引我的理由，一切都不如預期，我為此感到失落。

一日，當飛船緩慢地移動，我半睜著眼打著呵欠，習慣性做出甩竿動作之時，我感到手部輕微的顫動，起先並不以為意，但隨著這無形的拉力劇增，飛船也開始受到影響。可飛船外什麼也沒有，危險的警報也沒有亮起，當我害怕把手一放，這力量便消失，飛船便停止下來。

經過這次後我開始覺得，在風暴後有什麼影響了我，可是我卻難以知道這是什麼，但我也不知道在這個宇宙裡，是否有人跟我有一樣的遭遇。

幾日後我做了一個夢，夢見自己在一個撲滿花叢的星球上，一個老園丁正在長椅上悠閒地欣賞他種出的花朵。

「你要去哪裡呢？」他問。

「我不知道。」我搖了搖頭反問，「那你為什麼又在這裡呢？」

老園丁環視著花叢，顯得有些哀傷的說道：「災難就要來臨了，我想要再多待一會。」

「災難？」我抬頭望向遠方的星空，卻不知道他說的是什麼意思。

「是的，災難就要來了。」

我在夢醒後很快就被前方出現的東西所吸引，那是一個穿梭在宇宙裡漆黑的身影，它的目光吸引著我，那與我年幼時所見到的是相同的。我加速自己的飛船想快速朝牠駛去，可牠早已經發現我，牠沒有朝我襲來，而是更加快速地往前移動，牠非常的狡猾，我並沒有預料到這點。

當我注意到飛船已深入隕石群中，牠早已失去蹤影。

這就像是對我的警告或是挑釁，讓我感到非常的不滿，再次與牠相遇後我更加確定牠的存在。這遠比風暴或難以理解的夢更加吸引我，我開始四處打聽關於牠的消息，終於得知在名為「避難所」的星球上，在那裡有一群人熟知牠的傳說。

避難所所在的星系四處都是飛船的殘骸，這裡沒有原始的星球，就像經歷過什麼災害般。飛船的殘骸上刻寫著警告的標語，表示不歡迎外來的訪客，四周有不少荒廢的人造星球，飛船在行駛之時都能感受來自他們的窺視。

避難所是一艘無法再行駛的飛船，飛船外都是磨損與修補的痕跡，看不出原本的樣貌。這是一艘巨大的飛船能容納上千人居住，如今只剩下一部分，被改建的相當奇怪。

船板上隨處放了幾張桌椅，有些人坐著有些人站著，他們身形魁梧卻不敵歲月與旅途的磨練，有一個人坐在他們的中間，翻著已老舊的雜誌，見我來的時候也沒多看一眼。

我向他交代自己的來歷，他一手放下雜誌，一邊窺視著我：「來這裡坐下吧。」

他遠比我在遠處看的時候還要巨大，他的臉明顯缺了一半，缺了一半的臉就像是隨便找塊鐵板補上似的，他身上還有其他類似的地方，但他並不在意。那些桌椅也不是一般的，不知道是從那個飛船上拆下組起的。

我坐在他的面前，四周的人便停止動作向這裡看來。

「喔，可憐的賽巴斯啊，我是這裡的建造者、是偉大的冒險家、是漂泊的亡靈，泰拉爾。你今天來到這裡，我不免要對你表示深深的哀悼，我勸你還是趕緊回到故鄉去吧，最好找一個地方藏起來躲起來，而不是去尋找牠的蹤跡。」

「請告訴我關於牠的一切。」

「為什麼呢？年輕的賽巴斯啊，追尋牠你能獲得什麼，最多就是自我滿足，此外還能有什麼呢。」泰拉爾搖了搖頭，他起身向後方的樓梯走去，「跟上來，我知道我無法阻止你回頭，就跟我年輕時一樣。」

樓梯一直延伸向下，好似沒有盡頭，泰拉爾拍了拍牆壁，微弱的燈光變亮起來。

泰拉爾向我說明到，在過去有捕鯨為職業的人，他們靠著設備精良的飛船在宇宙裡搜尋巨鯨，因為巨鯨多半都是成群，所以每次都能有所收穫，獵捕來的巨鯨提供的能源與金屬是相當多的。

可隨著獵捕的人增多，巨鯨便開始難以追捕，它們越來越難被發現，藏匿於宇宙中難以被進入的地方。此時就有人開始把想法動到領頭的白鯨上，他們深信只要逮到白鯨，將它的大腦移植到其他裝置，就能找到巨鯨的下落。

「這只是一場災難的開始。」泰拉爾沉重的說道。

領頭的白鯨雖然看起來並不敏捷，可與其他巨鯨不相同的是，只要牠受到攻擊或是危險，在巨鯨群中便會有負責保護牠的巨鯨出現，通常在十支左右。一旦進入這樣的狀態，其餘的鯨魚會散成數團，牠們各自分工，朝向白鯨預定的地方繼續前進，直到白鯨的危機解除便會再跟上群體。

守護白鯨的巨鯨們通常都是非常瘋狂的，牠們能將飛船直接撞成碎片，甚至會靠著記憶追上那些產生危機的事物，直到危機解除為止。

「我們犧牲了非常多人與飛船還有資源，可這些犧牲都白費了，白鯨在被捕到的瞬間就已經死亡，彷彿已經完成牠的使命般，我們無法從牠大腦的記憶體或系統中，找到任何關於其他巨鯨的下落。雖然其他巨鯨群依然會繼續前行，可剩下來守護白鯨的巨鯨就不一樣了。」泰拉爾望向樓梯的深處，他緩慢的嘆著氣，彷彿就連他這麼高大壯碩的人也會感到畏懼。

獵捕到白鯨的那幾日活著的人都還在歡呼慶祝，他們都沒有想到那些還未死去的巨鯨，正要來向他們報復。

緊接著苦難的日子就到來了，只要是搭乘飛船的幾乎都會受到襲擊，泰拉爾停在一個樓梯階上顫抖的說道：「那些巨鯨不光只是撞毀飛船這麼簡單，牠們還能將人從飛船的殘骸中找出，用頭或尾巴撞擊這些活著的人，我想你年幼的時候應該也見過這一幕，運氣好的則瞬間就死去，運氣不好沒死的，被撞了好幾次，牠們還會避開直接撞擊大腦，或一次給予過大的力量。」

為了防止這樣的事情再次的發生，泰拉爾尋找有能力的人來獵捕這些巨鯨，損失比之前更加的慘重。泰拉爾再次緩步踏下樓梯，現在他已經許要用一隻手來攙扶著牆壁，才能支撐他的身體。

在這群巨鯨中有一隻非常特別，泰拉爾不論用什麼樣的方法，都沒有把牠捕捉到。牠就像是能藏匿在宇宙裡，如鬼魅般的出現，牠遠比其他巨鯨都還要大上好幾倍，牠一個轉身彷彿能撼動星球。

「我與牠在這裡大戰了數十年，最終牠與我都受到傷害，我本來以為牠死了，可持續這麼多年後這報復仍在繼續，既然你從那場災難中活下來，那麼只要你在宇宙裡的一天，牠就會再次找到你。」

「可我還是不明白在風暴裡發生的，或我所夢見的意思。」

泰拉爾搖了搖頭：「我無法解釋我沒遇過的事情，或許那只是一種警告，如果你回到故鄉不再旅行，就不用擔心會再遇到危險。」

「我沒有辦法就這樣放棄。」

「我想也是如此，我準備了些東西就在這避難所的底層，或許你在旅途中可以用上。」

順著樓梯來到底部，有一扇巨大的門，泰拉瑞將手放在一旁的電路板上，門打開的時候，我見到裡面有很幾個像山一樣高的東西，原來這些就是與泰拉瑞搏鬥的巨鯨，其中那隻白鯨也在這裡，如此近的距離之下看見還真令人感到不可思議。

「我雖然不是一個對飛船有研究的人，可你用這些巨鯨身上的金屬來製作飛船，用牠們體內堅硬的地方來做武器，應該能抵擋幾次牠的攻擊，也能做出相應的反擊。可其他能幫忙的人我就無法提供，我們都已經又老又受了傷，已經無法再與牠搏鬥，我想這個宇宙裡也很難找到對捕鯨有經驗的人，如果你需要幫助就說出我的名字，或許會有人幫你。」

「這樣已經足夠了。」

我仔細檢查這些鯨魚身上的金屬，確實與一般的並不同，可具體要怎麼使用，我是否有與牠正面搏鬥的必要，當下我並沒有決定。離開避難所的時候，我帶走其中一隻回去做研究，我與泰拉爾和他的夥伴到別，他沒有我想像中的可怕，反而還邀請我有空常回來。

可我能從他的眼神猜想得出來，或許我再次回到這個避難所的機會並不大，除非我能從牠的襲擊中脫困。

5

用鯨魚做飛船的想法是好，可實際來說很難運行，在牠們身上的金屬雖然堅硬，但不知是否真的能像泰拉爾所言，抵擋住牠的攻勢，拿來做武器後是否又真的有奇效。

回到造船廠後，除了對於巨鯨的研究，我自身也在思考著自己這麼做的目的。確實如泰拉爾所說，我並沒有追捕牠的理由，儘管我有可能會在宇宙裡再次與牠相遇，但那也絕非常見之事。

那幾個月裡我都沒有睡得安穩，我在夢中經常會夢見孩兒時代的遭遇，我與他對視，我甚至戰勝自己內心的恐懼，卻害怕著牠對待人的方式，當飛船被牠撞裂人們驚恐的哀嚎或等待死亡，那每一幕都烙印在我的眼中。

我說服自己必須有人要去做這件事情，我開始一邊著手製造飛船與對抗鯨魚用的武器，一邊調查牠的動向。

終於我在一次測試飛行速度時與牠再次遭遇，那時我沒有帶著專門對抗巨鯨的飛船或是武器，巨鯨很快就從後方追上，牠先是從後方輕碰著我的飛船，隨即又繞到側面與我對視。

牠很快就繞到我的前方，就與上次相同，我們展開一場誰也不讓誰的追逐，穿過好幾個星系，在大大小小的星球與隕石群間來回穿梭，可牠又再次消失在黑暗之中。

從那次之後，接二連三的又有好幾次的遭遇，每一次我都沒有贏過，不論我做了多少次的調整。牠沒有直接破壞我的飛船，因為牠知道牠能輕鬆的就將飛船撞毀。我們相互較勁的日子，是在我將鯨魚的金屬做成飛船之後，那一日也出奇的平靜，就像是我前往風暴的日子一樣。飛船上沒有裝載著對抗鯨魚用的武器，因為我覺得對牠造成不了傷害。

這一次牠開始猛烈的撞擊我的飛船，可除了造成巨大的晃動外，飛船沒有因此被破壞，但也沒堅固到無法被摧毀的程度。飛船在經過數次撞擊後開始產生裂痕，甚至承受不了牠下一次的衝撞。

可牠仍然像前幾次般，贏得勝利後便又再次消失。

＊＊＊

賽巴斯說到這裡，緩慢地嘆了一口氣：「這日之後，星系間便開始降下大量的星塵，我想你們應該都還記得那一段宛如災難般的日子。」

＊＊＊

起初星塵落下之時還無人在意，可當星塵將星球上大部分的東西都覆蓋後，許多人才意識到這件事情的可怕。

那一陣子死了不少人，運氣好一些的被從星塵裡挖出來，沒挖出來的死了還好，沒有死的估計還得埋在那裡成為某個植物的養分，或是因為大量星塵產生的輻射與病菌，使得很多人都受到感染。

我想在座的人都經歷過這一段歲月，我無意冒犯，我必須向你們所逝去的親人哀悼。

在那時我光每天忙著清理造船廠的星塵，就已經焦頭爛額，哪還有時間去想捕鯨的事情。還有不少人來委託我，希望我可以研發出清除星塵的裝置，我也投身到星塵的救災之中

在那之後我已經很久沒有遇見牠，我仍然覺得牠還在宇宙裡的某個角落等待著我，想要再次將我甩在身後。

6

賽巴斯說完巨鯨的故事後，又接連地說了不少其他的冒險故事，也有不少人在一旁相互討論著。此時我也注意到列車開始緩慢移動，有些人已經陸續往前面的車廂移動，我也便起身跟在人群之後。

喬拉頓見到我起身便跟了上來，他說：「抱歉，我剛才有些忍不住自己的情緒。」

「我並不在意的。」

「這還是我第一次聽到關於鯨魚的傳說，我本來還以為賽巴斯會與巨鯨來一場生死之爭，沒想到會是這樣的結局。」

「可如果真的發生那種事情，我們恐怕也無法見到賽巴斯，與聽他說起巨鯨的故事。」

「嗯，我在想會不會是他們都互相諒解了。」

「巨鯨與人嗎？」我搖了搖頭，顯得不太願意相信。

「你在旅途中沒有遇過類似的事情嗎？」

「過去我經常會與惡劣的環境搏鬥，不過那也是很久以前了。」與布蘭亞結婚後，我幾乎就再也沒有類似的經歷。馬洛特的死雖然讓我有旅行的念頭，可那並非長遠的旅程，有些日子裡我也像喬拉頓一樣，在列車上來回，思考著旅行，卻沒有實際的行動。

我還是必須要顧及到布蘭亞的感受，與照顧兩個孩子，那才是比旅行更加重要之事。

「不過在宇宙裡旅行的人，總會有一兩次特別的遭遇吧，就像賽巴斯進入風暴後所遇見的一樣。」喬拉頓說道。

「嗯，或許有吧，可我總是很難區分真偽。」

「類似什麼事情呢？」

「這是最近這幾年發生的，我經常會睡過了站，有時候就會到達連我自己都沒有去過，甚至未知的地方。」

或許是一種嚮往，每個人都有的，不論是想再次見到母親的喬拉頓，企圖用假死來換取自由的亞西雅女士，追逐冒險與自我的賽巴特，已經習慣躲避的昆德克，期待被人尊重的馬洛特等。

不是前行就能到得了的地方，不是光努力就能達成的事，也難以向他人清楚的表明。

第四章　嚮往之地

1

列車過站的時候，我去過不少地方，到過不一樣的城市。那裡總會有巨大的重力，讓我感覺自己就像是塊笨重的金屬。城市裡有許多的人，他與我們不同，反而像是傳說，或書裡寫到的，他們有著溫度，布織成的衣服。他們總是顯得相當的忙碌，從一端走到另一端，消失或隱沒在人群之中。

他們有不一樣的聲音，不是透過電磁波或程式代碼發出的，柔軟而細膩。有時候我穿梭在人群裡，想知道他們要去的地方，可那總是相當不容易的，因為我總是會在十字路口迷失方向。

在城市裡的時候，也有那種收集廢棄金屬的人，他們推著推車，有時還放著音樂或哼著歌，與擺放在路邊的小攤販，食物充滿的香氣與味道。每一個地方、轉角總會有出乎意料之處，像極了一些星球上的大城市，可那些城市裡沒有這麼多特別的東西，人、事、物都全然不同。

那裡的人雖然多，卻又少有交談，就像是人造的星球般，每一個人都生活在自己熟悉的地方，保持著一段的距離。

有時候我會期待在咖啡廳或小餐館裡聽見什麼，可多數的時候都只有互相嬉鬧，或抱怨的聲音。我也會走進書店裡，小心翼翼翻著那些細薄的紙張，它們不是金屬製的，上面沒有凸出的程式代碼，有的是深黑色的墨。書有很多種關於宇宙的卻不多，也有旅行的書，可他們多半在一個星球上移動。我從未見過介紹我們的書，提到機械的倒是不少。

在城市裡最好找一隻貓當嚮導，這樣就能去到不同的地方。牠們樂意跟你交談，只要你能放得下身段。

我也認識過很有個性的貓，牠占據了一棟別墅，獨自為王，白天的時候牠會在屋裡昂首闊步，夜晚的時候便開始歌唱。居住在這附近的貓幾乎都知道牠，有時候牠們會像是舉行什麼祕密的集會般聚集在一塊，彼此議論紛紛。

有時候牠們還會在夜晚裡成群結隊的出發，潛入城市的陰影之中，窺視著人們的生活，或是在放著音樂的小酒吧外，企圖掌握那些樂器的使用方式。

列車過站的時候，我也不見得會是從地鐵裡出去，有時候是衣櫥，有時候是床底，有時候是書桌的抽屜。

我喜歡遇到孩子，跟他們說起關於宇宙的故事，看見他們的雙眼不停的打轉便覺得有趣，他們從來沒有想過能到達其他的星球，也不認為自己能到得了那麼遠的地方。

聽見孩子大笑的時候，我便會想起自己的孩子，我們多數的時候都難以溝通，仔細回想我除了旅行之外的事情，就很少有能告訴自己孩子的。說來慚愧，唯獨在這些孩子的面前，我總會看見不一樣的事物。

能的話我真希望帶這些孩子離開那小小的房間，可是我並做不到這點。

除了宇宙的事情外，孩子們還喜歡我從未聽過的奇幻故事，他們總希望有一日能成為像故事裡的主角。

如果不是孩子時，解釋起來總是特別麻煩，多數的人都不會相信你來自宇宙之外的地方，他們也不覺得機械會有自己的思考。

他們寧願打開電腦或是手機，已不願把時間花在你的身上。

偶爾還是會遇到願意坐下來聽你聊天的人，可是千萬別吃或喝他們給的東西。

並不是說那並不好，而是我們並不適合，除非你想要把自己搞得短路，或全身都不舒服。

只要有點耐心，就能聽到許多有趣的事情。當然我也曾一個晚上與人激烈的辯論，為了能讓彼此都達成共識，或與某人安靜的看一部電影，或聽一些演奏家的曲目，分擔那一種一言難盡的寂寞。

有一次我認識了一個女孩，她的視力不好，她並不像我們一樣除了用眼睛，還能用身體其他部位來構築整個世界。與她聊天的時候我總是特別愉快。我總會想起自己的孩子，她們有著相似的想法。

女孩住的地方可以見得到山，陽台上種植了花，當風起的時候，她總想著自己能到達遠方開始旅行。

有時候她也會漫步在城市的街道上，傾聽不同的聲音，觀察周遭的事物。城市裡還有許多值得發現的地方，我喜歡這裡，總會從相似之處找到不同，從相同之處發現不同，這是一件相當有趣的事情。

如果不再城市裡，我可能會選擇小小的旅行，到山上或是海邊，走的距離不用太遠，能見到的東西就很多了。不用穿過什麼都沒有的曠野，或擔心被隨時改變的環境所困。

悠閒的眺望遠方的景致，有別於星海，那是截然不同的。

包含四季的變遷與數以萬計的物種，若要說可惜的地方，那大概會是這裡的一切都變化的很快，像是一瞬間就會消逝般。

所以當他們急切的要到什麼地方，或是做些什麼也不是全然沒有理由的。

2

城市裡一些不被人所察覺的地方，你能找到專屬於我們的酒吧，那裡多數都會聚集不少的人，他們樂於分享自己在這個星球生活的方式，介紹給你解決吃住的辦法。

此外那裡也提供許多精緻的料理，超乎你的想像。這裡的人幾乎聊著的都不是旅行的事，多半是關於自己鄰居的，以及一些平日所見所聞，與其他星球不同的是你要適應這份擁擠、潮濕或是吵雜，還有許多出乎你意料的事情。

為此可能還要加快自己的步調，不能什麼事情都是慢條斯理的。

我喜歡聽他們討論起關於鄰居的事情，有些是從隔壁傳來吵架聲的，有些則是電子的聲音。還有的每天房間裡聲音都不同的，也有鄰居的貓跑到他的家裡來做客。

不過為了生活在此，企圖改造自己的人也是有的，有些只是把金屬的皮膚外貼上一層人造的肉質皮膚。如果是這樣還算好的，有些更加誇張的則是把自己的內部也都改造，只為能吃下這裡的食物與飲食。

要知道這樣一點好處都沒有，只是增加痛苦的一種方式。我見過有不少人在酒吧分享起自己改造的過程，以及不定時都要更換新的，不然就會產生很多的後遺症。

還有更加麻煩的是戀愛，與生活在這個星球的人相戀幾乎是很難的事情。除了生命並不相等外，生活方式看似相同，實質上卻差異很多，且一旦被得知真實的身分後，處理起來也相當複雜。

儘管如此，不計後果去行動的人也是不少。談起這件事情的時候，我便會想起埃吉諾爺爺，他總是穿著筆挺的西裝，儘管年過八十他還是非常的健朗，在這裡居住的人都知道他，因為他有過不少的妻子。

他有過這麼多妻子，並非他在婚姻中有什麼不美滿之處，乃是他陪過不少的妻子走到人生的盡頭。很多人都想要從他的口中知道他幸福的祕密，可他總是笑著說自己從來沒有思考過該怎麼做。

現今的他已經沒有與人交往，他每日就是到妻子的墓前替她們換上鮮花。若問起還想不想再回到宇宙，或其他的星球，他便會說自己早就忘了回去的路，甚至不再記得故鄉的模樣。

我也有認識一個厲害的人，他有間屬於自己的咖啡店，以及一群來這裡喝咖啡的客人，他說自己最喜歡早晨微光透過窗台的時候，享受這份舒適的溫熱，是與冰冷的宇宙有很大區別的。

他也收養了不少孩子，他尤其喜歡孩子們再一起戲鬧的聲音。

居住在這裡來自不同星系星球的人不少，他們都有自己獨特的生活方式，他們也希望自己能成為星球上的一份子。不用在不同的星系間漫長的旅行，不用擔心會找不到與自己興趣相同的摯友。

3

我喜歡雨季，雖然潮濕本身並不是一件特別好的事情，可是下雨對我來說是相對罕見的。當雨落下的時候我便會撐著透明的傘，望向那淺灰色的天空，讓雨在我的傘面上輕盈的舞蹈。

下雨還能享受城市中獨有的寂靜，當人們都忙著躲進屋內，城市便會在短暫的時間內呈現無人的狀態。那時便很像是你身處在某一個星球上的感覺，可是你知道他們並沒有消失，只是聚集在某一個地方。

雖然雨季可能會使他們靠得更進，但不見得能使他們認識彼此。就像那些人造的星球，有時也會向你居住的地方靠近，可你只會從遠處眺望，不見得會有想要邀請他過來聊天的想法。

在雨季的時候也多半是春天，是充滿生機的季節，城市裡會像是變魔術般產生些微的變化，例如冷灰色的矮牆裂縫裡冒出嫩芽，在生滿鐵鏽的燈柱下會盛開鮮豔的花朵。乍看之下城市仍然沒有太多的變化，可這些只要稍微注意，便能察覺得到些微的不同。

星球上不太可能種植數十種鮮豔的花，它們多數都很嬌貴，需要仰賴星球上的土壤與能源，花盛開的時候亦不會像這裡的花那麼柔美，有些都很鋒利，有些則帶著刺。

在春天的時候多花點時間在走路上，或讓自己顯得有些悠閒也無妨，有時也可以離開城市，像放逐自己般，隨處的旅行，不用有太多的拘束，或擔心那些難以預料的氣候變化。

除了雨季外，比較特別的就是冬天，初雪下過之後，氣溫會開始驟降，雖然還不到我們生活的宇宙那麼冰冷，可對我們來說是相當宜人的氣候，要當心不要讓細雪融化在你的身上，這樣才不會每過冬季就生滿了鏽。

雪與星塵雖然相似，但實質卻差了很多，並不只是一個是水，一個是金屬這麼簡單，它們都相當的有趣，也相對的危險。

人們喜歡在雪季的時候渡假、嬉戲，尤其是很少見過雪的人。當白淨的雪覆蓋整個世界，景色是全然不同的，這時就更有身處在宇宙之感，與那一份特別的寂靜。

4

有一次我記得我遇見一個人，他才剛搬到這裡來沒多久，那一陣子他的心情有些低落，因為在原本的星球上他有一群好友，可來到這裡之後，他認識的人並不多，對於氣候一下子也無法適應。

那時他居住在一間小公寓裡，房間很窄，且說是擁擠也不為過，他搬到這裡住的時候正好是在雨季，他從沒有遇過這樣的季節。在他星球上的房子有他現在好幾個房間大，也沒有這麼的潮濕。

正好他房間的地板是木質的，牆壁上還裂了縫，那陣子便起黴菌，他從沒有見過。黴菌滋生的很快，就像是驟降的星塵，連同他想試著吃的食物都染上一層淺灰色的菌。

待在房間裡他便會覺得全身不適，電子訊號在他的體內亂串，使得他搔癢難耐。

可屋外又下著雨，他也不知道自己該去那裡，他便蹲在房間外的走廊，靠著自己房間的門，像是被趕出來一樣。

他把自己帶離熟悉的星球，又將自己趕出房間之外。他望向淺灰色的天空，以為這個星球都染上黴菌。

日子過去一些，開始有些微的變化，他開始認識他的鄰居，也正好是從其他星球上來的，她交會他如何去除掉屋內的黴菌，並帶他認識新的朋友。

提起這件事情的時候，他還有些不好意思的抓了抓自己的頭：「說不定我也是從其他星球來的黴菌，曾經寄生在其他的星球依賴著他人，現在來到這個星球後又必須靠著他人而活。」

5

在我待著的這個城市裡，有喜歡到廟裡祭拜的人，那也是其他星球上較少能看見的。人們點了香，向他們所信仰的神祇祭拜，他們多數都希望生活更加的美好，祈求一切順利與平安。

城市裡有許多的廟，大小不同，拜的神也是，每個神都能解決他人心中不同的問題，可有些仍然是難以解決的。

人們的喜好會有所改變，穿著、需求、想法等，城市也是如此，可這些廟彷彿數百年前就在那裡的，它不會隨著世代而變遷。一磚一瓦修了又補起，還是當初蓋著的那個樣。

每個規定好的時間，廟裡便會舉辦遶境，遶境的隊伍隨著廟的規模而有不同，屆時便會有許多信眾跟在隊伍的前後，把街道都站滿了。遶境的活動就像是一台駛向某處的宇宙列車，把來自不同星系的人都聚在一起，你很難想像平時城市裡會有這麼多的人，他們在這個活動裡找到連結與互動。

6

有意思的還不只這些，有一次我來到一個攤販前，那攤販是賣豆花的，是一種用豆漿與鹽滷製成，據說口感是入口即化的，這滋味可是在其他星球上難以找到的。

豆花攤前擺了好幾種配料，五顏六色的，就像裝滿來自不同星球的能量。販賣他的是一個年邁的老人，他的臉上充滿皺紋，手也不停的顫抖。要知道，這豆花是要用特製的器具，將桶裡的豆花片起，這不能太薄，也不能太厚，老人說這吃的口感會有差。

可我看他的手抖成那樣，便不覺得他能將豆花片得恰到好處。沒想到，意外的事情卻發生了，只見他的手輕快地揮動，這豆花就片好，裝在碗裡十分漂亮。

我好奇問她是怎麼做到的，他便笑著回答到：「不要告訴別人，我雖老了，這手也不好使，可我年輕時是個殺手，講求的就是個快、狠、準，豆花要比人好切得多了。」

7

我必須承認，雖然我說了這麼多，包含這個星球好的地方、有趣之處、季節等，不過從本質上來說，我們無法否認它也有自己脆弱之處。那不只是構造的問題，我想說的是心靈上，或是整體環境的。

要知道他們可不像我們一樣，就算待在一個星球上不吃不喝也不會死亡，也不用跟許多人去競爭，每天漫無目的的過，也不見得會想起過去發生什麼。我們有情感或想法，可那多數都是有限的，所以我們不會有太多的需求，生活可以說是極為單純的。

可他們不同，敏感、容易被激怒、感到悲傷或是寂寞，當他們活在一個群體裡的時候，就像身處在一個巨大的星球上，看遠處的星空都是美麗的。多數時他們都是一個人，像是在人造的星球裡，他們渴望有人來訪，希望自己能到達遠方。

他們能做到的事情很少，甚至是有限的，受限於時間、金錢、想法、或是生命，甚至從出生起便是如此，必須聽從父母的教導、老師、再來是老闆以及許多。所以有些人想從當中脫離出來，但這並不容易，甚至有人選擇以死來結束一切。

這要說恐怕一時間也難以講得完，就像宇宙裡的星球般，從遠處看上去好像都是一個樣，分不出太大的差異，可當你近看，實際在其中旅行與生活時又全然是另一回事。

如果說要什麼讓我最感動的，聽著那些座在公園或是騎樓下的老人，他們談笑風生的內容。以及有一次我在遠離城市的鄉間，見到幾個孩子戲耍著風箏，與追逐著蜻蜓的場景，是難得一見的。

「如果旅行能到達這個星球是最棒的。」我向喬拉頓推薦。

「可這也不是想就能到達的。」

「試著坐過站吧。」我向他笑著。

「我會考慮的，可是不是現在。那麼這次你又打算去哪裡旅行呢？」

「我沒有要去哪裡，我正在返回家裡的路上，我剛探望完我小女兒布妮西，她現在正在一個遙遠的星系裡擔任旅遊的嚮導。」

「這還真讓人意外。」

「開始我是有些反對的，不過她這麼堅持，我也就不好意思說些什麼。」

我與喬拉頓回到我們的座位上，我從一旁的行李箱裡拿出與家人的合影。

「我很難想像你都有兩個這麼漂亮的女兒，還有一個如此美麗的妻子。」

「我也很難想像會有這麼一日，感覺就是迷迷糊糊，閉個眼睛就過去了，仔細回想起來卻也不是那麼的順利，大女兒布索瑪個性非常的堅強，她在十三歲的時候就決定要搬出去住，十六歲之後就開始自己的旅行。小女兒布妮西，我本以為她會像布蘭亞多一點的，可是在這幾年，布索瑪離開後她也逐漸有搬出住的想法，且努力想要有所改變。」

不過若要說起影響比較大的或許是布蘭亞，雖然她最近已經平靜許多，可她還是很希望自己能待在兩個女兒的身邊。

第五章　告別的日子

1

小女兒布妮西搬出去住後，屋內就變得比往常更加的安靜，我與布蘭亞有時就像是避開什麼話題，結果就變得完全沒有話題可聊。大女兒布索瑪還在的時候還挺熱鬧的，畢竟她在整個家裡主導著說話的方向。

日子在少了兩個人之後，也說不上有什麼不好，只是布蘭亞的笑確實變少許多，她有時會顯得焦慮，有時也會一個人喃喃自語。對於已經養成照顧兩個孩子的習慣，一時間還改不過來，她總是會多做兩人份的料理，或無意識的喊起她們的名字。

當沒有人回應她的呼喚，使她意識到兩人已經遠去，她便會失望的低下頭來，就像是預想好的事情被突然打斷般。如果這個時候沒有轉移她的注意，那會有一陣子她都會保持著沉默，像是陷在某個回憶之中。

這些日子她也不怎麼寫作，有時她會在屋內來回走動，或習慣性的坐在布妮西的畫板前，或翻找著關於她們的照片。見到這樣的布蘭亞，我不免會感到不安與難過，可我也知道自己能做到的並不多。

在這樣的日子裡，布索瑪的來信，是布蘭亞少數會感到開心的時刻。信上記載的內容通常都不多，零星的提及到關於旅行的事情，內容多半是避重就輕的。這些信紙布蘭亞多數都會先抄寫在一個本子上，信雖然是金屬製的，可卻經不起她的反覆閱讀，刻寫在信紙裡的程式代碼，有時也被磨的平整，難以湊出個字句來。

若是提及兩個孩子的事情，她總有辦法說上一整天，直到疲倦的睡去。想當初布索瑪決定開始旅行的時候，她為此感到反對，連睡眠都不安穩。

當兩個孩子都離家後，我也不再旅行，有的時候我們會到附近的星球上，有時我們會眺望遠方的星空，時間緩慢的令人難熬。日子有時安靜到連自己都都會覺得害怕，彷彿連宇宙的聲音都聽得見。

我也有計畫兩人到其他地方去旅行，可我知道自己是開不了口的，尤其是見到布蘭亞經常翻找信箱的時候，我知道她內心有多期待孩子的來信。待在這裡，哪裡也都不去，才不會錯過難得回來一次的孩子，雖然這麼說有些誇張，可她沒有辦法無視身為母親的責任。

近日，本來有約定好要一起去探望布妮西，也與她訂好時間，卻發生一件令人意料之外的事情。那天早上布蘭亞興奮的在屋子內又跑又跳的，她收到布索瑪的信，信上寫著的是她將回來的消息，可時間上卻完全衝突。

當她明白日期上的問題時，她便開心不起來了，她陷入一種兩難，她雖然可以延後探望布妮西的日子，卻不想要不遵守約定，她更不可能不留下等待布索瑪的歸來，她知道她不會留得太久，之後要去哪裡，時間有多長都是未知的。

「妳留下來，布妮西的事情就交給我吧。」我向她提議。

布蘭亞聽見我這麼說之後，她的雙眼快速轉動著，好似將所有可能性都放入大腦，企圖計算出兩全其美的可能，但她最終還是不得不承認必須做出取捨。她顯得有些憤怒，她開始怪罪於我當初沒有阻止她們的離去，躁動持續到她稍微能冷靜下來。

我們一邊收拾著散落在地的東西，一邊討論要吃些什麼。有的時候便是如此，越是簡單越容易處理的，反而越是難處理得好。

2

「我是真的得走了。」我向布蘭亞說道。

「我知道，我只是有些擔心。」

「擔心什麼呢？」

「我在想當她離開之前，我不應該花時間在責怪她的，我只是有些控制不住，這些日子我一直都想要對她說清楚，都沒有一個很好的機會。」

「我想她會諒解的。」

「喔，希望真的如此，布索亞要離開的時候我還是比較放心的，因為她在個性上比較像你，我想她有自己的方向。布妮西就不同，你知道她的個性比較像我，我擔心她這些日子吃了不少苦。」

「我想不用擔心吧，她會找到適合自己的工作，妳不是也因為喜歡旅行者的故事才踏上旅途的嗎？儘管前進的路不容易走，我們也走到今日了。」

聽到我這麼說，布蘭亞才顯得有些放心，至少她拉住我的手不再劇烈的顫抖。

「記得要把禮物交給她。」

「我會的。」

「記得要把我提醒的多告訴她幾次。」

「我知道了。」

「那你有什麼想要告訴布索瑪的？」

「儘管去做自己想做的吧。」

「嗯，我會轉告的。」

「那麼我該走了。」我再次說道，布蘭亞猶豫了一會才將手鬆開。我緩步走向列車的驗票台，心情是比以往都還要來得沉重的。當我驗完票準備進入月台時，我聽見布蘭亞從後面跑過來的聲音，我便回頭看向她。

此時的她正努力忍著自己的情緒，並對我說道：「請一定要告訴布妮西，我很愛她。」

3

探望布妮西的這日，本來約定好是要她來帶我的，不過她卻沒有按時抵達，估計是有什麼事情耽擱。我一個人慢悠悠地在車站附近閒逛，不能說心情是特別的好，因為在出發之前布蘭亞顯得有些不樂意，她擔心我會不再回來。我希望布索瑪現在已經回到家中，不然讓她一人待在家裡並不是好事。

我猜想著布索瑪會到去過哪些星球，經歷或發現什麼，她是否能讓布蘭亞不要這麼的慌張。也思考布妮西的事情，我記得上次到這裡來時也是一個人，負責幫忙搬家之類的事情，那時布蘭亞也沒有跟著過來，是布妮西自己要求的，她跟我說了很多事情。

布妮西並不像布索瑪有著獨當一面的個性，她內心還是比較像布蘭亞的，只是因為見到自己的姊姊離開，意識到不可能永遠都靠著他人，才開始強迫自己有所改變。她有對布蘭亞大吼的事情感到抱歉，自從布索瑪離開後，兩人的關係一直不是很好，或許是個性相似的關係，才更加的難以達成共識。

此時的我不知道布妮西在這一陣子過的如何，距離上次已經有一段時間，如果她不能習慣一個人的生活，或是像布蘭亞一樣，那就有些糟糕，且我會變得不知道該怎麼向布蘭亞提起這次的見面。

關於布妮西要離開的事情，我與她討論了很久，也有帶過她到不同的星系上，確定她的意願。最終她選擇這個星系，並在開始自己新的生活。我還挺滿意這個星系的，星球開發的不會太過度，人造的星球也不會太多或顯得太過擁擠，更重要的是這裡的人都相當親切。

當我將注意力放在其他地方時，有一個人朝我走來，她穿著特別的制服，銀白色的長髮，臉型消瘦五官立體。

「你是坤特爾嗎？」

「是的，我是。」

「你好，我是可娜兒，是負責指導布妮西工作的人。」

她向我介紹起嚮導的這份工作，主要是負責引導來到這個星系的旅客，帶領他們到有名的景點與推薦有名的料理。她也提到布妮西還在工作，要帶我到接待客人的地方去。

我對此感到有些意外，我本以為她會找一些靜態的工作，沒想到卻是找了一份需要與人交談互動的。

「妳一直都在作這一份工作嗎？」

「沒錯，因為我很喜歡旅行，每當我到一些地方看到不同的景緻，或是聽別人說起，我都會想要試著將這些介紹給別人。你應該也有在旅行吧，看你就是有非常多經歷的人。」

「我已經很久沒有旅行了。」

「因為要照顧孩子嗎？」

「可以這麼說吧。」

「我能明白的，畢竟我都是三個孩子的母親了。」

「很不容易吧。」說實在的我顯得有些意外，因為可娜兒看起來不像是已經結婚的人。

「孩子總能讓我樂在其中，布妮西也經常會提起關於你或是家裡的事情。」

「她在工作上還習慣嗎？」

「現在表現得非常不錯，客人都挺喜歡她的。」

「當初是妳介紹這份工作給她的嗎？」

「是她自己要求的，當初她有參加過幾次旅遊，也有體驗過工作的內容，她便想要嘗試繼續做下去。」

「她沒有遇到什麼樣的困難嗎？」

「開始的時候吧，她不知道該怎麼樣跟客人介紹，有的時候會比較怕生。」

「那是怎麼解決的？」

「這其實不太難，我只是多鼓勵她，然後先讓她說關於家裡的事情，她喜歡的事物。其實從她的對話中可以知道，她還滿喜歡說起你在旅行時發生的事情，我便讓她從模仿你說故事開始。」可娜兒說起這件事情便愉快的笑了。

「我很少去想過這些事情。」其實嚴格來說兩個孩子在小的時候，都比較喜歡母親，她們多數都比較怕我，尤其是當我因為旅途耽誤一些時間後，她們便會像是忘記我的存在一般。

孩子到大一些的時候才有自己的想法，她們對於宇宙的好奇，便從我開始引起一些小小的興趣。雖然布蘭亞不喜歡這點，她總是對著這件事情抱怨，說我把孩子的想法都帶遠，才會想離開自己的父母，可是我覺得獨立些並沒有什麼壞事，她們遲早都會離我們而去。

或許也跟我還兒時代的經歷有關，我的父母喜歡旅行，就如同我先前所說的。在我開始選擇留在愛倫妮的身邊，走過童年後，我自己也開始向宇宙展開旅途。或許我自身並非真的熱愛旅行，或是能投身於冒險之中的人，可我仍然從中學習到不少事情。

就像愛倫妮在那時向我所說的：「不用擔心我，走吧，直到宇宙的盡頭，那才是你該去的地方。」

在後來認識布蘭亞，到仔細回憶與父母書信往來的日子，甚至到他們的逝去，我不能說我明白很多，有時我仍覺得自己像是個孩子，可我很感謝他們給了我更多的選擇。

可娜兒點了點頭：「我覺得你雖然沒有刻意的去做，可孩子多少都會知道的，有時候不見得會當下就能接受，但有些事情會一直影響著他們。雖然我也不覺得我能這麼說，別看我有三個孩子，其實我先前離過兩次婚，好不容易才在現在的丈夫身上找到安定的生活。」

「這還真令人意外。」

「我也是這麼想的，怪只怪我並沒有想好，把事情看得太過於簡單，如果我能對自己用點心思，或許就不會有這些遭遇。」

「妳還是堅持下來了。」

「是啊，雖然並不容易，我還是堅持到現在。」可娜兒露出微笑，「今天沒有看到你的妻子呢，布妮西有提到你們會一起來。」

「我的大女兒今天剛好要回來，所以我便讓她留在家裡，我想改日等布妮西有空，我們會再過來的。」

「那真是可惜，不過也沒有關係，這裡隨時都歡迎你們來。你看，我們就快要到了。」

可娜兒指向的地方是一個人造的星球，上面有著一棟潔白的房屋，房屋外有不少遊客正聚在一起，在星球附近也有不少顏色特殊的飛船。在可娜兒接下來的說明裡有提到，房屋內有提供客人住宿的地方、吃飯與詢問等服務。

她引導我到一個房間內，我便在那裡等著。

等待的過程裡我感覺有些不安，這是一種很微妙的感受，雖然馬上就要見到布妮西，卻不知道她在這段時間有什麼樣的變化，是否我會一下子認不出在眼前的她，或我該扮演什麼樣的角色，用怎樣的說話方式來與她溝通。

這份不安侵入我的腦海，像病毒一樣，它使我得呼吸散亂，難以集中自己的注意力。

突然之間，外面傳來急促的腳步聲。腳步聲朝向我所在的門而來，湧入了許多人，布妮西也在其中，而我忍不住的倒抽了一口氣，差點沒為此暈過去。

「生日快樂！」她說，儘管今日並非我的生日，嚴格來說我也不知道自己的生日是在哪一天。

布妮西確實很像她的母親布蘭亞，那不光只是她水藍色的雙眼，而是整體給人的感覺以及個性，現在我更加確定這點。

4

這個本來是要給我與布蘭亞的慶祝，卻因為她沒到場而有一些小小的遺憾。如果她在，應該會感到相當欣慰才是。見到自己女兒的改變，放心她可以獨立自主，也很高興自己的女兒認識了一群不錯的同事與朋友。

不過身為父親的我，大概就沒有辦法做出太多的表情，我也能看得出她對於自己母親沒有到來，而感到有些失望。她今天沒有在工作，而是精心準備了這個給我們的驚喜，一方面也是想讓我們感到放心。

幫忙慶祝的人都離去後，我與布妮西才有機會坐下來談。

「恭喜妳做到了。」

「嗯。」她點了點頭，「我很喜歡這份工作，它讓我學會很多。」

「我明白的。」

「謝謝你。」她在說這話的時候是有些顫抖的，我知道她在忍住自己的情緒，她試著想讓我知道她已經改變，她是做得到的。

「我很抱歉，我是說關於布蘭亞的事情，前幾天我們收到布索瑪的來信，我沒來得及告訴妳。」

「我知道的，剛才可娜兒有告訴我了。」

「她很照顧妳呢。」

「應該說她很照顧每個人，她總是相當積極的。」

「工作還習慣嗎？」

「有時候真的很忙。」她尷尬地笑了笑，「我總是因為每次要帶的旅客不同，而搞錯正確的日期，還有安排行程，記住旅客的需求等，這些都是我從未做過的。」

「我很訝異妳會選這份工作。」

「我自己也是，當初開始接觸的時候真的很難熬，可我也因此認識了很多的人，他們一直都鼓勵著我。」布妮西對我說道，她很喜歡在飛船上向旅客介紹起要去的地方，以及帶領著他們到不同的景點參觀。

「這樣不錯啊。」

「可是我真的很擔心。」

「擔心什麼？」

「我總覺得她不會接受我這麼做。」布妮西一直都很在意母親的想法，甚至為此感到不安，之前搬到這裡來的時候，我們也有討論過這件事情。我其實挺希望她像布索瑪一樣，能堅持自己的立場，可是這對她而言並不容易。

「我想布蘭亞能接受的，妳已經表現得相當好了。」

「真的嗎？」

「我敢保證，我想她見到妳工作的樣子，她也會認同你的，不過別忘了要多寫信回來。」

「她最近過得還好嗎？」

「比起之前是好多了，還是會有些抱怨，我想會有所改變的，最近我也有思考要一起出去旅行的事情。」

「打算要去哪裡呢？」

「哪裡都行吧，就像我們認識的時候那樣。」

「她也喜歡旅行嗎？我很少聽她提起。」

「她當然喜歡旅行，比任何人都要來得喜歡。只是開始照顧妳們後，她就很少提起關於旅行的事情。不過不用太擔心，我會照顧好她的，妳只要放手去做自己想做的事情那樣就可以了。」

布妮西點了點頭，她看起來好了點。我想這些話由布蘭亞親自對她說，可能會更好些，在計畫新的旅行之前，有必要再到這裡來一次。

「喔，我差點都忘記了。」我連忙的從自己行李中拿出一份包得精緻的禮物。

「這是什麼？」

「是她送給妳的，趕緊拆開來看一看吧。」

老實說，我也不知道這裡面是什麼，這是布蘭亞在我離開之前拿給我的。布妮西看了看自己手中的禮物，她將它拆開裡面有好幾件洋裝與衣服，還有一張布蘭亞寫給她的卡片，上頭寫著生日快樂。

兩人不光只是個性相似，連送禮物的驚喜上都想到了一起。布妮西在看到卡片後便難過得哭了起來。

這不免讓我想起在她年幼時，經常會跟在布蘭亞的身後，模仿她做事的樣子，有時還會吵著想要跟她有著相同的東西。

5

「我真的得走了。」我站在宇宙列車的車站外，這一幕好像似曾相識，卻又有很大的不同。布妮西希望我多留一天，可我還是很擔心布蘭亞，我也答應她自己會早點回去。

「下次一定要多待上幾天。」

「我會的。」

「我有空會寫信回去的。」

「如果遇到問題就問可娜兒吧。」

「好……」布妮西點了點頭。

「妳有什麼想對布蘭亞說的？」

「請告訴她，我也很愛她。」

「我知道了。」

我與布妮西告別，她沒有像布蘭亞一樣追過來。我走得遠一些的時候回頭看她，她盯著地板一動也不動的。

我便走了回去，並拍拍她的肩膀，她遲疑一會才抬起頭，當她看像我的時候我便對她說：「放心的回去吧，妳真的做得很好了。」

布妮西點了點頭，她轉身向可娜兒的方向走去。

＊＊＊

「這便是我這次的旅途了。」我向喬拉頓說道。

「我或許應該以你為榜樣。」

「千萬別這麼說，我覺得自己並沒有什麼過人之處。」我想了一下便又接著說道：「祝你有天會遇見夢裡那隻銀白色的狼。」

「謝謝你，不過我想那已經沒有關係了。現在的我，還有更重要的事情必須去完成。」

「你確定不在列車到站的時候來我們的星系走走嗎？」

「以後會有機會的，我想之後帶約瑟娜一起來訪。」

喬拉頓看向我。有別於最初見到的他，現在的他充滿了決心。

終章　在旅行之後

列車到站的時候，薩姆叫醒了我，我提起行李而喬拉頓還在睡夢之中，我沒有叫醒他。我從車廂裡離去，經過在畫前的伯卡托，向他告別。

當我走入月台的時候，見到年邁的昆德克。我走過他身邊，向他說道：「你應該回去見一見來找你的人，她不是來追你的，而是你一直都很想見到的人。」昆德克抬起頭來看像我，他顯得有些訝異。

我緩慢的走出列車的站外，望向遠方的星空，回到自己習慣的星系的感覺真好。我回到自己的家，布蘭亞正在做著晚餐，布索瑪不在這個家中她看似已經離去，可我知道布蘭亞的心情是愉快的，她顯得放心不少。

「我回來了。」我如此說道。

「喔，你應該在那裡待的久一些。」

「我知道，可是我有些擔心。」

「坐下吧，我準備了晚餐。」

我們在晚餐中相互提及這幾天發生過的事情，布索瑪回到這裡，她提起關於自己接下來的計畫，布蘭亞沒有為此反對，她從她的身上看見了我的身影，她知道她的旅程還未結束。提起布妮西與旅行的時候，她也為此感到認同。

「我是該放下了。」她說，「布索瑪跟我聊了很多，見到她的成長與改變，讓我放心不少。你是對的，我實在太替她們操心，這些日子以來，謝謝你支持我到現在。」

「我只是做了我該做的。」

「不過你好像忘了我們曾見過鯨魚群的事情。」

「我們見過嗎？」我顯得有些訝異。

「因為當時你正在列車上睡覺呢，我確實看到牠們的身影在遠處，隨後我許了一個願，在你向我求婚之前。」

「妳應該要叫醒我的。」

「可你並不喜歡在列車行駛時被叫醒。」

「雖然是這麼說……那真是可惜。」

「你有計畫接下來的旅行嗎？」

「那當然，早就已經想好了。不過在那之前，我們還有一個地方要先去。」

＊＊＊

過了些日子，我們盛裝來到自己父母的墓前，我們將它重新整理過，並放上花束。我們站立在每個墓碑前，持續很長的時間。

布蘭亞每次來的時候都顯得難過，她雖然沒有與我的父母有很長時間的相處，但她很喜歡他們，就像他們也很愛戴她。在這裡也埋葬了她的雙親、以及許多的人，冰冷的墓碑上刻著用程式代碼編成的名字。

我想他們的旅途還在繼續，只是我們看不見。我們的旅程告了一個段落，新的才剛要開始。我抬頭仰望著遠方的星空，直到超過影像捕捉距離的極限。散亂成過多繁雜的訊號，我試圖將這些訊號聚攏。最後，我眼中僅剩下布蘭亞纖細的背影，她還跪在自己雙親的墓前。我知道這陣子她吃了不少苦，我知道自己所能夠給她的，遠比不上我當初所承諾的。

我緩步上前，拍了拍她的肩膀：「你們在聊些什麼呢？」

布蘭亞昂首，她擦去眼角的淚水，露出微笑：「一個關於旅行的故事。」

後記

很難說，如果要透過我來描述這部作品，那恐怕會讓它失去些美感，而帶有我個人的主觀與偏見，而小說終究只是小說。誠如佐拉姆所言：「我們所見的有多少是真的，而又有多少是虛幻的呢？」這是我第一本出版的作品，嚴格來講，它不太像是一本小說，而像是某種紀念，像是某種告別，還包含了很多很多。除了我身邊的人的故事，它也反應現代社會常會探討的一些問題，一些關於長時間工作的，一些關於親子相處的，或是人與人之間的問題等等。

讀者在閱讀本書時，可以看見一些科幻的部分，我喜歡將這個設定稱之為「遠星」，一個發生在遙遠未來、擁有肉身的人已經不存在的年代裡，一個由大量金屬所組成的宇宙，它們擁有著長期計算與記錄下來相似於人的情感、想法、生活與生態。

使用這樣的設定會有很多有意思的地方，我本身是個愛想像的人，我喜歡在文章閱讀時猜想很多事情，而這部作品或是這個設定也是。目前在作品中，讀者可以看見一些，像是人與人的距離，我把它比擬成星球與星球之間的距離；多數的人待在小型的人造星球中，則象徵著現代人多數待在自己熟悉的舒適圈裡；金屬雖然是冰冷的，它卻因為人的情感與想法而有溫度；還有些替代與抽換的部分，像是思考要透過計算，或是位於肺部的風扇。

其實在寫的時候我還有思考過些別的，不過多數是友人們看過後所問的。在此回答一個常見的問題：為什麼生為機械，還要像人一樣吃、喝、思考與行為？這方面的問題，就好比我們常會討論的為何而行，每天在規律的生活中，這些行為除了滿足口腹之慾外，還能帶給我們什麼特別的。而在此設定中它是比較簡單的，為了刺激大腦的計算與記憶，使自身在漫長的生活中，可以保持偏向人的思考方式與情感。在遠星大多數的設定都是有限的，它並非什麼都能。

除了設定之外，閱讀這部樸實作品的讀者將會發現，本書沒有太多大眾取向的元素，或那種可能會讓你記上一段時間的高低起伏，也沒有太過於偏向文學的部分。我試著想要在兩者中間找到一個平衡，讓它具有彼此的優點，保留文章的順暢、緊湊與節奏等，當然這不容易。

如果要問本書要給讀者什麼，我會說是故事之外的回憶或提醒，讓我們可以想起一些經常發生在生活中，看似平凡卻又不簡單的事情、那些長期影響我們、已成為習慣的話語與過去。

而對我來說，這本書在內容上也做到了不少事情，它不單只是一個旅途的故事，也包含回憶與夢境、冒險傳奇、城市生活寫實與親子關係。能用這麼少的字數，再不互相拉扯，保持一定關係之下，是相當不錯的事情。雖然這樣在小說上的表現會變得比較輕薄，但從現實面來說，人與人，人與事物之間，本身也是如此，看似沒有交集，卻又在無形中互相擦撞。

故事到此已經進入尾聲，期待後續的作品再相遇。

寫於二〇一七年動盪不安的夏季

羽尚愛

語言文學類　PG1871　SHOW小說22

航向星海的列車

作　　者 / 羽尚愛
責任編輯 / 洪仕翰
圖文排版 / 詹羽彤
封面設計 / 蔡瑋筠

發 行 人 / 宋政坤
法律顧問 / 毛國樑　律師
出版發行 / 秀威資訊科技股份有限公司
114台北市內湖區瑞光路76巷65號1樓
電話：+886-2-2796-3638　傳真：+886-2-2796-1377
http://www.showwe.com.tw
劃撥帳號 / 19563868　戶名：秀威資訊科技股份有限公司
讀者服務信箱：service@showwe.com.tw
展售門市 / 國家書店（松江門市）
104台北市中山區松江路209號1樓
電話：+886-2-2518-0207　傳真：+886-2-2518-0778
網路訂購 / 秀威網路書店：http://store.showwe.tw
國家網路書店：http://www.govbooks.com.tw

2017年12月　BOD一版
定價：240元

國家圖書館出版品預行編目

航向星海的列車 / 羽尚愛 著. -- 一版. --
臺北市 : 秀威資訊科技, 2017.12
面； 公分. -- (SHOW小說 ; 22)
BOD版
ISBN 978-986-326-476-7(平裝)

857.7 106017733

讀者回函卡

感謝您購買本書，為提升服務品質，請填妥以下資料，將讀者回函卡直接寄回或傳真本公司，收到您的寶貴意見後，我們會收藏記錄及檢討，謝謝！如您需要了解本公司最新出版書目、購書優惠或企劃活動，歡迎您上網查詢或下載相關資料：http:// www.showwe.com.tw

您購買的書名：________________

出生日期：_____年_____月_____日

學歷：□高中（含）以下　□大專　□研究所（含）以上

職業：□製造業　□金融業　□資訊業　□軍警　□傳播業　□自由業
□服務業　□公務員　□教職　□學生　□家管　□其它_____

購書地點：□網路書店　□實體書店　□書展　□郵購　□贈閱　□其他

您從何得知本書的消息？

□網路書店　□實體書店　□網路搜尋　□電子報　□書訊　□雜誌
□傳播媒體　□親友推薦　□網站推薦　□部落格　□其他_____

您對本書的評價：（請填代號　1.非常滿意　2.滿意　3.尚可　4.再改進）

封面設計____　版面編排____　內容____　文／譯筆____　價格____

讀完書後您覺得：

□很有收穫　□有收穫　□收穫不多　□沒收穫

對我們的建議：________________

____

____

____

請貼
郵票

11466
台北市內湖區瑞光路 76 巷 65 號 1 樓
秀威資訊科技股份有限公司 收
BOD 數位出版事業部

（請沿線對折寄回，謝謝！）

姓　名：________　年齡：____　性別：□女　□男

郵遞區號：□□□□□

地　址：________

聯絡電話：(日) ________ (夜) ________

E-mail：________